MAKEN NO DAYDREAMER

魔拳のデイドリーマー 4

NISHI OSYOU
西 和尚

ILLUSTRATION : Tea

主な登場人物

ザリー・トランター
一見チャラ男な冒険者。
情報屋として幅広い人脈を持つ。
エルク・カークス
努力家タイプの美少女冒険者。
ミナトの相棒となり共に行動している。
ミナト・キャドリーユ
本編の主人公。
異世界に転生して強力な
戦闘術を身につけた。
ノエル・コ・マルラス
ミナトの姉、マルラス商会のトップ。
狐耳と尻尾を持った美女。

リュート・ファンゴール
三人組『ブルージャスティス』のリーダー。
「正義」のためなら手段を選ばない。
ナナ
トロン村で出会った奴隷の少女。
機転が利き、腕っぷしも強い。
ブルース・クーザント
ミナトの兄で
二メートルを超す長身。
傭兵団『バシレイア』の頭目。
ダンテ・アンキラス
ミナトの兄、ドワーフ族
の凄腕医者。厳つい風貌に
反し、繊細な一面もある。
ウィリアム・キッツ
ミナトの兄で、通称ウィル。
魔物の生態を研究する生物学者。

第一話　ブルージャスティス

『花の町』ミネットからウォルカに帰還して、もうすぐ一ヶ月。

僕ことミナトや相棒・エルクの生活はだいぶ変わっていた。

まず、毎朝の日課である朝練《あされん》に、新たな参加者が一人増えたこと。

言わずもがな、ミネットへ向かう商隊の護衛任務で仲良くなった『ネガエルフ』のシェリーさんである。

僕の実力を知ったシェリーさんは、毎朝訓練に顔を出すようになり、その際、当然のように手合わせを申し込んでくる。嬉々《きき》として。

何せ彼女、戦闘狂《バトルマニア》なので。

まあ僕としても、彼女との手合わせはいい訓練になるので、度が過ぎないように相手をしている。さすがに真剣は使わないでもらってるけども。

そしてシェリーさんには、交換条件として、エルクの訓練を一緒に見てもらっている。

実力的に僕とエルクの中間に位置している彼女は、エルクと同じ刃物を使って戦うので、エルクの訓練にちょうどいいのだ。

もっとも、シェリーさんは他人に教えるのが苦手らしいから、主《おも》に組み手の相手だったり、細かい部分の指摘《してき》がメイン。

ネガエルフの隠れ里にいた当時から突出した才能を持っていた彼女は、今でもそのセンスに頼っていた。戦いのときにどう動けばいいか、それを感覚で理解してる。

戦闘をあくまで自然にこなす彼女は……それを言葉で説明するのが苦手、ってわけだ。

一方、これまで以上に訓練の効率が上がったエルクは、さらに勢いよく成長しつつある。シェリーさんも舌を巻いていた。

けどさすがに、冒険者ランクBの壁は厚いようだ。

僕に師事《しじ》し始めてから、トントン拍子《びょうし》でランクCまで来たエルクだけど、さすがにリトルビースト級以上の魔物と戦うには、いよいよ力が足りなくなってきた。

そんなわけだから……彼女にとってももうすぐ行われる『訓練合宿』は、いい刺激になるんじゃないかと思う。

それとエルクだけでなく、フクロウのアルバにも変化が。

いや、変化というか、転機というか……何て言うべきか……。

ともかく、二週間前のことだ。

その時僕は、日課で魔法書物『ネクロノミコン』を読んでいた。ところが二千ページを越えたあたりから、奇妙な違和感を覚えるようになった。

読んでると頭の中に、もやもやしたものが湧き上がってくるというか……文字列に目を走らせているだけで、直接知識が流れ込んでくるような感じ。

よくわからない、今までで初めての感覚。それが何なのか気になった僕がエルクやシェリーさんに聞いてみると、二人はその正体を知っていた。

『グリモア』。別名『グリモワール』とも呼ばれ、特別な魔法書物に用いられる書式だ。

グリモアが記載されているだけで、その書物は数ある魔法書物の中でも、ダントツで激レアな部類に入る。

なんと『読むだけで魔法が使えるようになる』のだ。読んでいる者の脳内に、データをコピーするかのごとく、自動で魔法を刷り込むらしい。

何度も使えるものと、数回使うと効果が失われてしまうものの二種類があるそうだ。

古代文明の魔法使いによって作られたと言われるそれらは、ごくまれに遺跡などで見つかる程度で、製造方法は現代ではもう失われていた。

発見されると有力な貴族や王がこぞって手に入れようとするため、物によってはとんでもない高値で取引されるらしい。

冒険者仲間で情報屋でもあるザリー——分野にもよるがエルクやシェリーさん以上に博識——の話だと、最近開催されたオークションで、そこそこのレベルのグリモアが金貨数枚という大金で落札されたそうだ。

使用回数が無限のグリモアなら、記録されているのが初心者用の魔法だとしても、考古学的な価値があるので、金貨数十枚から数百枚は下らないらしい。

ただ、もともと魔法の才能がない、もしくは乏《とぼ》しい人が読んでも意味はない。

読んだからといって急に魔法が使えるようにはならないし、相性ってものがある。例えば、水の魔法をまったく使えない人が水魔法系のグリモアを読んでもムダだ。

なので、僕が読んでも違和感があるだけだったわけ。

エルクとシェリーさんは魔法の才能があるけど、相性が悪かったらしく、何も習得できなかった。

まあ、これから先はわからないけど。

……ただ、うちには魔法の才能が高いやつがもう一人いる。

訂正……一羽いる。

僕の肩口に止まって一緒にネクロノミコンを覗き込んでいた、我らが超《スーパー》フクロウ君は、どうやら人語を理解できるだけじゃなく、文字も読めるらしい。

僕ら三人がグリモアについてあーだこーだ言ってるそばで、じっと文字列を見ていたアルバ。

翌日朝の訓練では、すでに魔法のレパートリーが増えていた。

言わずもがな、ネクロノミコンにグリモアで記されていたものだ。

心身共に未成熟なせいか、前日に読んだページのうち、アルバが習得できた魔法は半分以下だったけども、それでも十分すごい。

これからもっと成長すれば、使える魔法が増えていって……ゆくゆくはこいつ、この本の魔法全部使えるようになるかも。

そして、さっそく使い始めた魔法の中に……『重力操作』というのがあった。

かなり難易度の高い魔法なんだけども、アルバにはそんなことは関係なかったらしい。

ごく限られた範囲ながら、数倍の重力を発生させる魔法を、見事に使いこなしてみせた。

その重力魔法には、僕も訓練の時にお世話になっている。内容は簡単、アルバに重力魔法をかけてもらいながら筋トレやランニングをするだけ。

例えば重力が二倍になれば、体への負荷《ふか》は二倍どころじゃない。時間や回数を増やすまでもなく、いいトレーニングができる。

アルバも魔法の練習になるし、一石二鳥だな。

そんな感じで、訓練合宿までの一ヶ月という時間を潰している僕だけど、ほかにはエルクやシェリーさん、あと時々ザリーとも一緒になって依頼をこなしたりしてた。

最近は洋館にいたころを思い出して、オリジナル魔法の開発なんかもちょこちょこ行っている。監督役の母さんがいないから、あくまで慎重に。

ここ三週間くらいで、三種類ほど使える魔法を増やしつつ……僕らは期待に胸を膨らませていた。

ギルド主催のイベント――職員や先輩冒険者の指導の下、新米冒険者達が己を高める『合同訓練合宿』の開始が、近づいていたのだ。

☆☆☆

いよいよ集合日の前日。

朝練中にやって来たザリーを加え、僕ら四人と一羽は、その準備をすることになった。

「……って、何で市場に来てんの？　何の買い物？」

「そりゃもちろん、訓練合宿に持っていくものだよ」

僕の質問に答えるザリー。

「ギルドには、『必要なものはこっちで用意するから、何も持ってこなくていい』って言われたんだけど……？」

「持っていかなくてもいいけど、持っていってもいいんだよ。後でいろいろと役に立つことも多いから」

「おやつとか、薬とかってこと？　いいの、そんな適当で」

持ち込みＮＧみたいなルールないんだろうか？　例えば、関係のないものを持っていくと没収されるみたいな、修学旅行や部活の合宿みたいな決まり事。

「基本的にないよ。あくまで今回の『訓練』は、冒険者としての総合的な実力を鍛えるものだからね。その中には、事前準備も基礎力として含まれるわけ。何をどれだけ、どうやって持ってきても文句は言われない。もっとも……訓練中に強奪《ごうだつ》されることもあるんだけど」

「強奪……って、参加者同士で奪い合いでもさせるの!?」

ぎょっとしているエルク。その後ろで面白そうにしているシェリーさん。

なんでこの二人はいつも反応が対照的なんだか……いや、まあ、どっちが普通じゃないのかは、この上なくはっきりしてるんだけども。

「そういったケースもあるけど……」

あるんかい。

「いや、担当の教官——もちろんギルドの冒険者なわけだけど、中には盗賊の襲撃を想定するとか何とか言って、私物を寝てる間に奪ったりする人もいるから。もちろん、後で返してもらえるし、気づいて防げればそれでもOKだけど」

「なんちゅう物騒《ぶっそう》な……」

とんでもない鬼教官が出るんだな、この合宿。

まあ、先のことばかり考えていてもしかたないので、さっさと準備を進めることに。

ザリーによれば、毎年ばらつきはあれどそれなりに過酷《かこく》らしいので、どんな状況でも対応できるような装備・アイテムを揃えることに。

まずは食料。

乾《かん》パン……というより、ライトミールブロックみたいなやつだ。時間がない時に、手軽に食べられそうなやつ。

それと、水。

地球では、冷蔵庫などの保存技術が未発達だった大航海時代、水の代わりに腐《くさ》りにくい酒を船旅に持って行ってたらしい。

けどこの世界には、ちょっとお値段は張るけども、中の水が腐るのを防ぐ（防腐《ぼうふ》魔法とでも言うべきだろうか？）処置が施された特別な水筒《すいとう》が売られている。

もっと高級な水筒になると、収納魔法の応用で容量が何リットル、何十リットルもあるタイプもあったりするんだこれが。お金に余裕のある冒険者には、これを買う者も多い。

そこに、水に限らずジュースや酒といった好みの飲み物を入れて持っていくのが割と定番。

もっとも……その水筒に関しては、ノエル姉さんと知り合ったすぐ後に商会から買ったので、もう持ってる。

ちょうど迷宮の大蛇『ナーガ』を倒した報奨金が入ったところで、せっかくだしいい奴をってことで、金貨二枚ほどする数十リットルの水筒を買った。

『ブラックパス』のおかげで安くなるし、二人分買おうとしたら「無駄使いすんな」ってエルクに止められたので、二人で一つを使ってるけどね。

ちなみにシェリーさんも、さすがAランク冒険者というべきかそれなりに稼いでおり、立派な水筒を持っている。僕らが使ってるのよりは小さめで……中身は当然のごとくお酒だったけど。

というわけで、僕らが買うのはさっき言った携帯食料に、干し肉とかの日持ちする食料、それと水筒に入れる飲み物。

なじみの店のおっちゃんに声をかけて、いつものお茶を水筒に入るだけ入れてもらい、ティーバッグも購入。前世の麦茶みたいな味で好きなんだよね。

それに加えて、武器や消耗品の補充や整備も済ませる。エルクの投げナイフとか、照明のカンテラ用の固形油とか。

僕も姉さんの商会に寄って、注文していた手裏剣を買い足した。こいつだけは特注品で、ここに来ないと買えないからね。

それともう一つ、アルバ用の折りたたみ式止まり木を新調する。

アルバがさらに成長して、前に使ってた奴が小さくなったからだ。生まれた当初はハトより小さかったこいつも、今ではタカくらいの大きさになっている。

もっとも、実力はそれ以上の勢いで成長してるけども。

そんな感じで買い物を進めていた時だった。

場所は、酒屋。シェリーさん行きつけの店。

樽《たる》で酒を買おうとしているシェリーさんに呆《あき》れていると、何やら店の外から、もめているような怒声が聞こえてきた。

見ると、人だかりも出来ている。何だろ、ケンカかな？

樽一つ一つの酒をすべて試飲《しいん》しているシェリーさんは、まだまだ時間がかかりそうだったので、エルクとアルバを連れて行ってみる。

人ごみの隙間から覗《のぞ》くと、気分の悪くなる光景が広がっていた……というか、繰り広げられていた。


ざっくり言ってしまえば、うずくまるみすぼらしい子供を、小奇麗な服を着た大人がガスガス蹴っている光景。

しかもちょっと程度の低い、そして容赦ない罵詈雑言《ばりぞうごん》のおまけつきだ。

どうやらこの、歯を食いしばって必死に耐えている少年は、ウォルカ郊外のスラム（そんなのあったのかこの町）に住む孤児《こじ》らしい。

エルクに聞くと、一応スラムの存在は知っていた。

貧しくてその日の食事も満足に得られないような人々が暮らす地区で、大通りからはかなり離れてるそうだ。なるほど、なら僕が知らなくても無理ないか。

日雇いの仕事をしたり、犯罪に手を染めて生活してる人もいるらしい。治安が悪い、いわゆる無法地帯だ。

で、そこに住んでる人達は、スラムを出ると白い目で見られるだけだから、そこからほとんど出てこない。

その代わりってわけじゃないけど、スラムの中で、迷い込んできた人をカツアゲしたりするんだとか。

今目の前で蹴られている少年は、どうやら相手から、何かを盗もうとして失敗したらしい。

聞き耳を立ててみると、その相手は商人で、商品を盗まれそうになったようだ。

どうやら姉さんのマルラス商会じゃなく、もっと小規模な個人経営の商人っぽい。

損害に直結する窃盗未遂《みすい》……しかも、犯人がスラムの孤児だってことも手伝ってるのか、手加減ないな。何度も腹を蹴ってる。

すると、固く握り締められていた少年の手が、蹴られた拍子に開いてしまい……何やら小さくてキラキラした、赤い宝石のようなものが転がり出た。

すぐさま商人が屈《かが》み込《こ》んで、それを回収する。そして、安心したようにホッと一息ついた。なるほど、アレか、盗まれた品物って。

その間、少年を助けてあげようとする人は、周囲に一人もいなかった。

僕も含めて子供を気の毒に思わないわけじゃないけど、野次馬全員の本音は、『あの子供は盗みを働いたんだから、自業自得《じごうじとく》』。それに尽きる。

もし、蹴られてる理由が理不尽なものなら違ったのかもしれないけど……今回の場合、商人にも言い分がある。

なので、下手に関わると面倒なことになりかねない。

死ぬことはないから、この世界の価値観どおり放っておく。おせっかいするにしても、警備兵を呼んで仲裁《ちゅうさい》してもらう程度にしておけ、と、姉さんにも教わった。

最後に二言三言罵声を浴びせると、商人はその場を去ろうとしたが、よせばいいのに、うずくまっている少年がその商人の足のすそをつかむ。

何だろう、よっぽどあの赤い宝石（?）が欲しいのかな？　まだ諦めようとしてないとこを見ると。

商人は、今度はつかまれた足で蹴り上げる。あーあー、子供相手にまた容赦ない……。

しかしこのままじゃあの少年、ホント死にかねないな。

もうそろそろ助けないとマズい……と、思ったその時。


「ちょっと待て！　何してるんだよ、あんた！」


そんな声と共に、野次馬の中から一人の若い男が飛び出してきた。

「!?」

周囲の野次馬が全員驚いている感じが伝わってきた。

僕やエルクとは逆サイドの人ごみをかき分けて出てきたのは、僕と同じぐらいの年齢の……『少年』と『青年』の中間、って見た目の男だった。

どちらかというと童顔《どうがん》（多分僕ほどじゃないけど）。多分一般的にはイケメンとか言われる部類。

髪の毛は青色で、頭の後ろで縛《しば》っている。

服や鎧は青と白を基調としていて、腰には一振りの剣。上品、かつ小奇麗な印象を受ける。そして、同じ配色のマントをまとってる。

僕よりは年上に見えるし、とりあえず『青年』とでも呼ぼうか――その青年は、騒ぎの中心にいる少年に駆け寄って抱き起こすと、心配そうな表情で呼びかける。

わずかに少年が反応したことで、一応意識はあって無事だということを確認すると、一瞬だけほっとした表情を見せ、続いて、その少年を蹴っていた商人をキッとにらみつけた。

「あんた一体何してるんだ！　こんな小さな、無抵抗の子供に殴る蹴るの乱暴なんて……大人として恥ずかしいと思わないのか⁉」

「なっ……何だてめえは⁉　いきなり横から出てきて……関係ねーだろ、あんたには！」

「関係なくても見過ごせないんだよ！　この子がかわいそうじゃないか！」

「……今日び、いるのね。あんな、誠実を通り越して珍しいのも……」

僕の隣でぽつりと、周囲に聞こえないようにつぶやくエルク。

あ、やっぱ珍しいんだ？　あの青年の、立派だけど酔狂《すいきょう》なお節介《せっかい》さは。

周りが全員無視してるのに、構わず飛び出して子供を助けようとするという……道徳上は模範《もはん》的でも、わざわざ自分から面倒事に首を突っ込む奇特《きとく》な人。

「ええ、あんたといい勝負ね」

「……え、僕、あんなの？　エルクから見て」

「二ヶ月前を思い出してみなさいよ。自分を騙《だま》そうとした女を、今もこうしてそばに置いてるあんたの考え方も、十分奇特でしょうが」

ひどいな、おい。

いやまあ、自覚はあったけど……あの時はきっちり理由があったから、僕はエルクを信頼したんだけど。実際、エルクの決意や覚悟は確認できたし。

そんなことを僕らが話している間も、道の真ん中でぎゃあぎゃあ言い合う二人。

「そいつは俺の商店から商品を盗もうとしたんだよ！　痛い目に遭《あ》わせるのは当然だろうが！」

「それは……確かに許される行為じゃないのはわかるよ。でも、こんな風に暴力を振るっていいわけないだろう！　相手は小さい子供なんだぞ!?」

「言っても聞かないんだからしかたないだろうが！　薄汚いガキのくせに、人様のものを盗みやがって……大人しく貧民街《スラム》で物乞いでもしてればいいんだよ！」

と、その時。

「へっ、なんだ、やることも薄汚けりゃ言うことも薄ぎたねーんだな、あんた」

「ホントよ！　子供に対して何てこと言うのかしら！」

（増えた!?）

僕とエルクの心の声がハモった……と思う。

青い髪の彼が出てきた同じところから……また新たに二人現れた。

一人は黒に近い紺色のぼさぼさの髪をした、目つきの悪い男。

背丈は僕より頭一つ高いくらいで、背中に大剣を背負ってるところから考えると、戦士系なんだろうか。

そしてもう一人は、セミロングの灰色の髪に精悍《せいかん》な顔立ちの女性。

身長は僕と同じくらいで、気の強そうな目が特徴的だ。手にはワンド。魔法使い系かな？

どうやら、青髪の青年の仲間であるらしい。

そんな二人が加わり、さっきまでの延長みたいな口論が続く。「子供相手に」「盗んだんだから」「だからって大人が」……延々こんな感じ。

それを聞きつけたシェリーさん（酒を樽買いし終えた模様）とザリーも合流。僕が簡単に事情を説明していると、向こうの言い争いに動きがあった。

いや、厳密には……四人の傍《そば》で痛みをこらえてうずくまってた少年に動きがあった。

取り戻した商品──赤い宝石みたいな──を握り締める商人に突進すると、何とまあ根性のあることに、その商品をまた奪い取ろうとした。

一瞬だけその場を驚きが支配したけども、すぐにまた、商人の顔に怒りが浮かぶ。

思いきり振るわれた足によって、軽々と蹴飛ばされた少年は……あらまあ、こちらに向かって飛んできた。

そして、偶然僕の近くにあった露店の棚に突っ込む。うげ、まずい。

運の悪いことに……その露店は金物屋だった。しかも棚の中には、ハサミやらキリやら、尖《とが》って危険なものがわんさか入っていた。

その中身が激突の衝撃でこぼれ出し……地面に転がった少年と、たまたま近くにいた僕らのところに降り注いでくる。

その様子を、驚愕の表情で見ていた青髪の青年は……次の瞬間はっとしたように、ワンテンポ遅れて両手を広げ、こっちに走ってきた。

あれ？　これはあれか？　少年を突き飛ばして自分が身代わりに――とか、そういうパターンか？　自己犠牲《ぎせい》的な。

かなりの勢いでこっちに走ってきてるし……もしかしてアレ、僕らも突き飛ばすつもりで走ってきてない？

まあ、僕達も危険ゾーンにいるから、そういった思考になるのかもしれないけど。

ただ、別にそんなことしなくても平気……っていうか、このままだとムダに彼が怪我《けが》するだけな

ので……。

「危なあぁぁあいっ!!」

「いや、あなたが危ない」


ダッ!!　↑　危険地帯にいる僕と少年を助けるべく跳躍《ちょうやく》する青年。

ガスッ!!　↑　突っ込んでぶつかったものの僕がその場から微動だにせず、青年、墜落《ついらく》。

しゅぱぱぱぱぱっ!!　↑　落ちてくる刃物を僕が空中で全部キャッチ。


「おぉぉお〜〜〜……」

——ぱちぱちぱち……。

周りから、驚きと感心の入り混じった声と拍手。ありがとーありがとー。

ザリーとシェリーさんが笑い、エルクは呆れている。

そして、突き飛ばすつもりだったのに跳ね返された青年と仲間の二人は、あぜんとしてこっちを見ていた。

☆☆☆

険悪だった雰囲気を全部なあなあにした、僕の千手観音《せんじゅかんのん》キャッチの後。

これ以上騒ぎが大きくなっても誰も得しないから、ってことで、商人は赤い宝石を回収して、その場はお手打ちになった。

窃盗犯の少年は棚に激突して気絶したらしく、そのまま最後まで意識は戻らなかった。まあ、商人との話はついたので、問題はない。

なんとその『お手打ち』の交渉をしたのは、青髪の青年だった。

しかも、自分から進んで。ホントにどこまでもお人好しというか、ご苦労様というか。

そしてその間、後ろに控える仲間二人が、ずっと威圧的な視線を商人に飛ばしていた。

最終的に商人も、許したってよりは面倒くさくなったって感じだったし。

その過程で、彼ら……おせっかい三人組の名前も聞くことができた。


「まずは、お礼を言っておくよ。あの子と……」

「リュート！　こんな人に、お礼なんて言うこと……」

「いいんだよアニー。あの時助けてもらったんだから。あの子と僕を守ってくれて、ありがとう」

アニーというらしい女の子を右手で制し、青い髪の青年……リュートと名乗った彼は、ぺこりと僕に向かって一礼した。

一方の左手は、僕を突き飛ばそうとして失敗した時に出来たらしい頭のこぶを押さえていた。

ぶつかったのに僕が動かなかった、ってことは……青年もといリュートは、柱か何かに自分から突撃したに等しい。しかも、頭から。

彼の後ろにいるアニーが怒っている理由はそこにあったりする。僕のせいでリュートが怪我をした、と。

いや、まあ確かに悪かったけども……それにしたって、彼女から感じる敵意が尋常《じんじょう》じゃない。で、残る一人……黒髪ぼさぼさの男は――。

「確かにな。ま、そこの男が気に入らないってのはアニーと同感だが……リュートを助けてくれたのは事実だ。あんまりギャーギャー言うな」

「けどギド！」

名前は、ギド。

やはりというか、リュートの仲間で……あ、僕のことを気に入らないのは一緒なのね。

何でこんなに敵視されてんのかな、僕？

今この場にいるのは、僕とエルク、合流したザリーとシェリーさん。それにリュート、アニー、ギドの三人だ。

まあ、顔見知りではないので、話すことがあるわけでもない。偶然ちょっとしたトラブルに巻き込まれただけだし。

なのでさっきの、リュートが僕に「ありがとう」って言ったことで解散……と、思ったんだけど、何だか妙な展開になろうとしていた。

「……ちょっと、聞いていいかな？　ミナト、だっけ？」

「ん？」

初対面でいきなり呼び捨てにされたけど（そもそも名乗った覚えは……ああ、エルクが呼んでるのを聞いてたのか）、まあ別に気にしない。そういう人もいるだろうし。

リュートは少し言いづらそうな、しかし言わなければならないと決意しているような、なんとも難しい表情で口を開いた。

「さっきの手さばきや、ぶつかった時の頑丈《がんじょう》さから見て思ったんだけど、ミナトって実はすごく強いんじゃない？」

……え、いきなり何、その質問。意図は？

「いや、そんな自慢するほどじゃないけど……まあ、冒険者をやってるわけだから、それなりに腕に自信はあるけどさ」

とりあえず当《あ》たり障《さわ》りのないよう答える僕。

「やっぱり……」

「で、それがどうかしたの？」

するとリュートは、一拍置いてからこう言った。

「教えてほしい。どうしてミナトは、あの子を助けなかったんだ？」

……はい？

えーと、『あの子』っていうと、商人に蹴られてたあの少年？

「そうだよ。君の実力なら、簡単に助けられてたはずだよね？　ひょっとしたら……僕なんかより要領《ようりょう》よく、早く。どうしてそうしなかったんだ？」

そう問いかけてくるリュートの目は、どこまでも真っ直ぐ……真っ直ぐすぎるほどに真っ直ぐ。

そんな目で、僕を見つめていた。

「えーっと、その……下手に手を出すと、面倒に巻き込まれそうだったから、かな？」

そう言うと、なぜかリュートははっとして、ショックを受けたような表情になる。

アニーとギドは『やっぱりか』とでも言いたげに……これまたなぜか、さげすむように見てくる。

え、何？　何で？

やがてフリーズから回復したリュートは、むっとした顔付きとなった。

「どうして助けないんだ!?　そうするだけの力があるのに……何で!?」

「え、ちょ、いきなり何!?」

「『何』じゃないよ！　目の前で苦しんでる子供がいるのに、そしてその子を助けるだけの力があるのに、どうして何もしようとしないんだ！　そんなのおかしいだろう!?」

ずいっとこっちに顔を寄せて、というか体ごと僕に迫って、結構な大声でそう主張するリュートの目には……義憤《ぎふん》？　みたいなものが強く見て取れた。

そのままリュートはこう語った。

盗みを働いた少年も、確かに悪いんだろう。リュートの介入後も、しつこく商品を奪おうとしていたし。それでも、まだ未成熟で体が頑丈《がんじょう》じゃない小さな子供を、大の大人があんな風に何度も暴行していいはずがない。

盗みを働いたことを責めるなら、もっと他にやりようがあるじゃないか、と。

取り押さえるのに力ずくになるのはしかたないとしても、いきなりあんな暴力的な制裁《せいさい》をしていいはずがない、ということらしい。

なるほど、言いたいことはわかる。

甘い、と言わざるを得ない部分も多々あれど、大人の腕力で暴力を振るわれれば、深刻な怪我をしてしまうかもしれないわけだし。

……でも何でその抗議が、暴行を加えた商人本人だけじゃなく、僕にまで来るの？

僕がそう言うと、それに答えたのは、すっかり実直＆熱弁キャラという印象が僕の中で固まったリュートではなく、その一歩後ろでやや高圧的な態度を取っているアニー。

「はぁ!?　そんなの決まってるじゃない！　目の前で子供がいじめられてたら、助けるのが当然でしょうが！　あんた達は何で何もしないのよ!?」

いきなり、がーっと噛み付くようにまくし立てた彼女の勢いに、思わず気圧《けお》されてしまう。

こ、こっちも、リュートに負けないくらい予測不能な……。

「いじめる奴も悪いけど、それを見て見ぬ振りする奴も悪い、って聞いたことあるでしょ！　苦しんでる子供を見て何もしないなんて、常識を疑うわね！」

「全くだ。頭の中どうなってんだって話だよな」

アニーの横に仁王立ちしている、ギドまでも加わってそんなことを。

な、なんだろうコレ？　何だか、妙な展開になってきた……ような……？

どうもこの三人……僕が、あの子が苛められている現場を見ても何もしなかったことがお気に召《め》さないらしい。とくに、アニーとギドはあからさまに敵意丸出し。

いや、僕だってあの光景は見てて気持ちいいもんじゃなかったし、どうにかしたいとは思ってたよ？　別に、どうなってもいいや、とは思ってなかった。

だから、まあ、警備兵呼んで仲裁してもらおうかな、と思ったところに、彼ら三人が乱入してきたわけで。

決して、そのまま暴行が続くのをよしとしてたわけじゃないんだけども……。

彼らは、僕らの戸惑いの表情なんかも無視。

すると、罵声すらも混じったその一方的な説教に、さすがに腹が立ったのか……口達者なエルクが一歩前に出た。

「でも、それで私達まで面倒事に巻き込まれちゃったら災難じゃない。あんたらの言うことはもっともだけど、それを考えれば、慎重になってしかるべきでしょ？」

僕らの中で、とくに気が短いのが彼女だったりするから、さすがに頭にきたんだろうか。

対するは、アニー。はっ、と吐き捨てるように言って、エルクを蔑視《べっし》する。

「何あんた？　自分達だけよければいいってわけ？　罪のないいたいけな子供が酷い目に遭ってようと、自分が痛くなければ別になんでもないってわけね、ホント最低」

「そこまでは言ってないでしょ？　ただ、私達にまで面倒が及ぶかもしれないのに考えもせず介入しろっていう言い分も、無茶があるって言いたいだけよ」

「どこが無茶なのよ？　あんな芸当ができる力量があるくせに。それに、正しい行いには少なからず向かい風が伴うものだっていうのは常識でしょ？　リュートはいつも言ってるわ。そして……それでも構わず、弱者を助けてる」

「そうだ。力がなくて手が出せねえってんならともかく、お前らは力があるのにやろうとしねえ……ただの卑怯《ひきょう》な臆病者《おくびょうもの》だ。リュートを見習いやがれ、コイツは一度だって逃げたことはねえ」

ギドも加わって、引き合いに出したリュートを褒《ほ》めて、僕らを罵倒。

当のリュートはと言うと、少し複雑そうな表情をしているものの、『恥じることはない』とでも言うように、こっちを真っ直ぐ見すえている。

「……ご立派ね」

「ええ、あんた達なんかじゃ到底及ばないのよ、リュートにはね。うらやましい？」

「別に。私達には私達の考え方があるもの。あなた達のリーダーさんのやり方や価値観を否定するつもりはないけど、こっちもこっちのやり方を変えるつもりはないわ」

「っ……これだけ言ってまだわからないの!? いつまでそんな自己中心的な考え方で、助けを求める誰かに背を向け続けようっていうのよ!?」

「だからって、行く先々で面倒を全部引き受けて慈善《じぜん》活動なんてできるわけないでしょ？ 聞くけどあんたら、明らかに不利益を被《こうむ》るのが確実な奉仕活動に、参加しろって他人に押しつけられるの？」

「当たり前でしょ!? 人と人が助け合うのは当然のことだもの。勇気を持って隣の人に、何が大切かをきちんと説けば、より多くの人が救われるんだから！」

「……あ、そ。じゃあ、その人達がそういうことに巻き込まれたくなくて、その『大切』な奉仕活動に参加すると必要な自分の財産が損なわれるから、参加しない、っていう立場を明確にしてても？」

「同じことを何度言わせるのよ!? 説得するに決まってるでしょ！ 時間もお金も、リュートのように正しい目的に使わなきゃ、自分の品位を損ねるだけなの。人と人の助け合いや慈善の精神以上に大切なことなんてないって、どうしてわからないの？」

さも当然のように、『人は自分が損をしてでも、困っている人を助けるべきだ』と、熱く語るアニー。もはや、こっちの言い分を聞く気ゼロである。

「目の前に困ってる人がいて、自分には腕力なり財力なり、その人を助けるだけの力がある。だったら、助けてあげるのが当然でしょう？　多少自分が損をしたって、それで誰かが助かるなら、普通に考えてそれが道徳的、良心的な人間のあるべき姿よ！　逆にそれができない、いちいち見返りを求めるような人は、絶対に間違ってるわ！」

熱弁。

はぁ、とそこでエルクがため息をついたのを見て、どうやら論破《ろんぱ》したと思ったのか、にやりとその顔に笑みが浮かぶ。

……エルクのそのため息が、論破された悔しさではなく、諦めや呆れであると、彼女は微塵《みじん》も考えられないんだろう。

その後も、自分達の価値観や良心に沿った見方で、彼らはガミガミ言い続けたけども、そこで僕やエルクが首を縦に振ったりすることはない。

結局、コレじゃ埒《らち》が明かないと判断したザリーが落としどころを見つけて、『はい今日はこれまで、解散！』と場を収めてくれるまで口げんかは続いた。

……いやそもそも、なんで、こんなことになったんだっけ……？

☆☆☆

別れてから数分後。

ザリーから聞かされたのは、あのリュート達がどういう連中なのかという情報だった。

『ブルージャスティス』？　何、その……かっこいい名前を付けようとして失敗したみたいなやつ」

「うん、まあ、成功か失敗かは個人のセンスによると思うけど……それがあのリュート君達が所属している、っていうか、三人で組んでるチームの名前なんだよ。さっき思い出した」

「やっぱりあの三人、チームだったのね」

得心がいったように言うシェリーさん。僕とエルクも大体同じ感想だ。

あの様子だと、リーダーはリュートだろう。後の二人は、まずリュートありきみたいな感じで話してたし。

で、ザリーが続けることには……今、いろんな意味で急激に有名になってきているチームらしい。

ザリーは懐から取り出した手帳をつらつら読み上げる。どこから仕入れたのか知らないが、リュート達の情報もあるのか。

「まあ予想はついてると思うけど、リーダーはランクBのリュート・ファンゴール君。それと、仲間……さっきいた二人ね。ランクCのアニー・レビアスちゃんに、ランクBのギド・タジャック君。合計三人のチームで、結構な実力者なんだけど……」

……けど？

「さっき見たとおり、リーダーのリュート君を中心に、メンバー全員、正義感みたいなのが過剰にあってね。弱者救済を目的にいろんな人、いろんなところにしょっちゅうケンカを売るらしいんだ。だから、その筋じゃ評判最悪」

「ケンカ……確かに、だれかれ構わず売ってそうね」

「最近じゃ、護衛してる商隊が貧しい村に差し掛かったとき、炊き出しのために食料や資材を提供しろって言い出したり、またある時は奴隷商人に……ああもちろん、合法なやつね？　かわいそうだから解放しろとか食って掛かったってさ。だから今じゃ、商人の間では、過激なモラル遵守《じゅんしゅ》主義者として、ブラックリスト入りってわけ」

「……姉さんも知ってるかな？」

「知ってると思うよ？　マルラス商会が提携してる商会の中に、奴隷商もいたはずだし……マルラス商会もトラブルがあったかもね。基本彼ら、誰に対しても考え方を押しつけるから」

聞いてるだけだとただのお人好しだけど、肌で体感するとあの面倒さっていうか、強引さがよくわかる。だから、あんまし笑えない。

確かに、それぞれの価値観や営利追求を第一の目的に置いてる『商人』からしたら……人の道＝ボランティアみたいな考え方のリュート達は、うっとうしいことこの上ないだろう。

まさに水と油のように相性は最悪だ。

そして厄介なのは、どっちも間違ってるとは言えないところだよなあ……商人が利潤《りじゅん》を追求するのは当然だから、そこに文句なんか言えない。

それにリュート達の行いも、不幸な人に手を差し伸べてるんだから、確実に救済されてる人はいるわけだ。それを考えれば、迷惑なだけでもない。

何にしても……これ以上彼らとは関わらないほうがいい、な。お互いのために。

……なんてことを言ったらフラグだろうか？

第二話　意外な展開

『合同訓練合宿』当日。

ギルドで指定された場所に僕ら……いつもの四人と一羽が着くと、そこにはすでに、数十人の冒険者がいた。

ごついのもいればヒョロいのもいる。

武器も様々、剣とか杖とか。斧《おの》や槍《やり》なんて人も。

若い人がやっぱり多いけども、更なる高みを目指したい老若男女……ランクにして、D～F程度の冒険者達がたくさん。

Cランクも一部ながらいるみたいだけども。

「……ま、さすがにAやBはいないみたいね」

「ははは、そりゃそうでしょ。シェリーさんやミナト君は、むしろ指導する側でしょ」

「あんたも人のこと言えないけどね」

思い思いの言葉を口にする、シェリーさん、ザリー、それにエルク。

ちなみにエルクもCランクであり、この場においては上から数えたほうが早い戦闘力を誇っている。そこんとこよろしく。

そんな中で僕は、あちこちから飛んでくる視線に、ややうんざりしてため息をついた。

なんというか……何度味わっても、完全には慣れるもんじゃないな、こういうのは。

根が小心者だからか、こういう露骨《ろこつ》に感情の籠もった視線は嫌いだ。

このウォルカでは、Aランクである僕やシェリーさんは、やや自画自賛《じがじさん》ながら結構な有名人なので……注目度が高くなってしまう。

多分この中の何人かは、Aランクの僕らがこの場に来てることを、冷やかしか何かのように思ってるんだろう。

……やっぱし疎外感《そがいかん》はあるなあ。

そもそも僕ら四人は、誰一人『訓練合宿』の最適ランクだっていうD～Fに属してないから、明らかにアウェーな気がする。

しかし、それがわかっていながらも……僕は、姉さんの『きっと得るものがあるから』という勧《すす》めもあって、真面目に参加するつもりでいる。

また他の三人も、それぞれの思惑を持って参加しているようだ。

エルクは、今までの訓練の成果を試す意味で。

ザリーは、最近いろいろと話題になっている、もしくはなりそうな冒険者を手っ取り早く間近で観察できるかも、っていう、いかにもこいつらしい目的。

シェリーさんは、出会いを求めて……物騒な意味での出会い、だけど。

ただ、僕とエルクの予想&ザリーの情報だと、そんな彼女の戦闘意欲を満足させてくれそうな生《い》贄《け》《にえ》……もとい人材はここにはいないだろうとのこと。

そしてその分の欲求不満が、僕に来る可能性があるらしい。おいおい……。

僕の肩のアルバは、魔法の見学&学習のためだ。

初心者用ならほとんどの魔法は習得したアルバだけども、その総仕上げとしての参加だ。

そんな感じで、それぞれの思惑を胸に、僕らは冒険者ギルド主催の『合同訓練合宿』に参加した。

☆☆☆

まず一日目。

集合時間をもって受付が締め切られた後、さっそく最初の訓練メニューが言い渡された。

といってもそれは、訓練というよりも体力測定に近い。

筋力、持久力《じきゅうりょく》、敏捷性《びんしょうせい》、魔力の検査が、午前中いっぱい使って行われた。

測り方も意外と普通で、ただの百メートル走とか、ひたすら走る持久走とか、バーベルみたいなのを持ち上げるベンチプレスもどきとか、指定された地点を素早く跳び回る反復横跳びっぽいやつとか、いろいろ。

あとは、マジックアイテムみたいなのを使って計測する魔力測定なんかもあったな。

終了後すぐに、手書きの測定結果が全員に配布された。

一応それらの結果を目安にして、各自のトレーニングの目標とか、模擬《もぎ》戦の相手を決めるらしい。

『筋力』『持久力』『敏捷性』『魔力』の四項目共通の評価点は、冒険者ランクと大体同じ感じで、FからSS。

ま、基本初心者のためのものだから、いつもはそんな上の評価なんてなかなか出ないみたいだけど。

……今までは、だけど。

例えば、エルク。

筋力：D　持久力：C　敏捷性：B　魔力：C
常人が限界まで努力した場合の限界値がCであることを考えると、かなり高めな能力。エルク自身、まだまだ発展途上なわけだし。

とくに敏捷性のBは、明らかに才能がある証拠だからなあ。

ザリーに聞いたところ、この評価なら『訓練合宿』への参加が有意義か否かのギリギリのラインらしい。

そのザリーはというと……。

筋力：C　持久力：B　敏捷性：A　魔力：B

全体的にエルクの一回り上、って感じのステータス。

そして結論をはっきり言えば、この訓練に参加する必要はもはやない。

ザリーは冒険者としてのキャリアが長く、さらに諜報《ちょうほう》専門として特殊な能力もあるし、さほど不思議じゃないけど。

それにしても、敏捷性Aはすごい。

ただ、上には上がいる。

汗もほとんどかくことなく、全ての項目を検査し終えたシェリーさん。顔を引きつらせた係の人に書いてもらった評価を見せてもらう。

筋力：A　持久力：AA　敏捷性：A　魔力：AA

さすが冒険者ランクA。それも、B寄りではなくAAに近い「ランクA」というだけはある。

魔力の高さは種族としての特性だ。ネガエルフだと知られて騒ぎになるとまずいから、一応測定の時には手加減したらしい。これでも。

もちろんこの訓練に参加する必要など皆無《かいむ》。

え、僕？　僕は、そのー……。

筋力：ー　持久力：ー　敏捷性：ー　魔力：ー
備考：君は測るだけムダだからじっとしてなさい。アイリーン・ジェミーナより。

ギルドマスターこと、アイリーンさん直筆《じきひつ》らしい、そんな紙を渡されて……参加すらさせてもらえなかった。ちょっとさびしかった。

☆☆☆

それから二泊三日で、ちょっときつめの部活みたいに『訓練合宿』は進んだんだけど……予想通りというかなんというか、僕ら四人にとって、その間はなんとも退屈な日々だった。

エルクは、まだ荒削りな部分があった戦闘技術の向上を目指してたみたいだけど……実力はCだから、模擬戦になればほぼ百戦錬磨《ひゃくせんれんま》。

勝てなかったのは、ザリーやシェリーさん、僕相手の時くらいだ。

ザリーとシェリーさんは、ほとんど負荷もなく訓練をこなし、模擬戦もほぼ全てで完封勝利。

ザリーはそんな中でもそれなりに楽しんでたみたいだけど、シェリーさんはもう、心底機嫌が悪そうだった。

いや、最初から予想できたことでしょうに。

そして僕もまた、何かしらアドバイスをもらえるかと思って、監督の先輩冒険者（Cランク）に話を聞いてみると、「そもそも動きが見えないです」と泣かれそうになった。

そんな感じだったので、エルクと見学に徹してるアルバ以外には、残念ながらこの訓練はちょっと退屈だったかな……と、思っていた。僕含め、全員が。

その予想が、訓練最終日にドギつくひっくり返されるということを、僕らはまだ知る由《よし》もなかった。

☆☆☆

訓練三日目。

この日は『最終日』となっているが、実のところそうではない。

どういう意味かっていうと……。

確かに全体での訓練はこの日が最終なんだけど、この後さらに特別な訓練日程が用意されていた。

訓練の集大成としてグループごとに『依頼』を受けるのだ。場合によっては、二つ三つのグループがまとまって。

ちなみに、希望すれば自分達でメンバーを選んでグループを結成することもできるし、運営側に振り分けを任せることもできる。

そして各グループには、一人か二人、現役の冒険者が監督係として同行し、評価しながら、状況に応じてアドバイスをしたりもする。

そうしてギルド側が選んだ依頼を完遂することで、晴れて訓練は終了となる。

その依頼は、一日かからずに終わるような単純な討伐《とうばつ》依頼もあれば、数日かけて行う護衛依頼もある。グループごとに抱える課題に応じて、ギルドが選ぶ。

戦闘の際の連携に課題があるグループなら、チームワークを要求される強力な魔物の討伐依頼。探索能力に不安のあるグループなら、遺跡の探索と情報収集……って感じで。

さて、僕らは今、その最終日程を共にする『監督官《かんとくかん》』を待っている。

ザリーから仕組みは聞いてたから、バラけないように最初から四人でグループを組んだ状態だ。

ただこの段階で……もうすでに気になってることがある。

「……なんで僕ら、こんなとこで待たされてるんだろ？」

「さあ？」

さっきも言ったとおり、今日（から数日）は、ギルドが用意した依頼を受けることになる。

ほとんどの冒険者達は、今まで合宿してた施設の中か周辺で監督官と待ち合わせ&出発をするんだけど、僕らの場合、ちょっと違った。

合宿に使ってた施設から少しはなれたところにある……ここ。

待ち合わせの場所としてはちょっと不釣合いだな、っていう感想が真っ先に浮かんでくる。

見た感じは廃墟《はいきょ》とでも呼べそうな、都市部に入れない盗賊とかがねぐらにしていそうな場所だ。

エルクと一緒に、悪徳金貸し連中を相手に戦った町外れほどボロくはなく、一応、我慢すれば住居として使えそうな建物がいくつかある。

それらに囲まれた広場に、僕ら四人は集合していた。

かなり広いその空間は、下が石畳《いしだたみ》で、ちょっとした運動場レベル……とりあえず、誰か来たらすぐにわかりそうな場所だ。

「何か、意味とかあるのかな？　ここに集合って言われたことに」

「わかんないけど……なかったらわざわざ指定しない気もするよね。今までの傾向を考えると……

いきなり何かしらのハプニングがあったり」

　僕の問いに、苦笑いのザリーが嫌な予想をする。

「もしかして、雇われのならず者達が襲ってきちゃったりするのかしら？　それとも、魔物が放たれて襲ってくるとか……」

「なんで嬉しそうに物騒な予想並べ立ててんのあんた？」

　シェリーさんとエルクのそんなやり取りがあったけど、周囲から別にそんな気配はしない。獣の匂いとかもとくにない。

　そもそもこの開けた場所は、魔物やならず者を使った奇襲形式のテストには不向きなんじゃないか……とか考えていたその時。

「あーあー、そういうのはないから心配要らない。安心してくれていいよ、諸君」

　そんな緊張感のない声が、背後から聞こえた。

「！　！？」

　突如として出現した巨大な気配に驚いた僕らが振り返ると……そこには、毎度のことながら神《しん》出鬼没《しゅつきぼつ》の生ける伝説が。

　いきなり僕の部屋に来たり、ドラゴンに乗って『花の谷』に襲来したりと、毎度毎度やりたい放題なギルドマスター、アイリーンさんが、今回も何の前触れもなく、僕らの前に姿を現した。

「あ、アイリーンさんっ!?　何でここに……」

「おやおや、予想しないでもなかったけど、随分《ずいぶん》と冷たい反応じゃないかい？　そんな、人を化け物か何かみたいに見ないでおくれよ」

「いやいや、今更でしょギルドマスター、反応がどうこうって。それより何であなたがここにいるんですか？」

と言ったのはザリー。そうだ、それだよ。気にしなきゃいけないのは。

この人がどこからともなくいきなり現れるのは、今に始まったことじゃない。

それよりもいつも問題になるのは、この人が『どうして』来たか、だ。

アルバの種族の確認や、強力な魔物『ディアボロス』との交戦に関する事情聴取《ちょうしゅ》……とまあ、この人が自分から接触してくる時は、いつも相応の理由があった。

それを考えると、今回も、この『訓練』について何かあるのかな？

「え？　もしかして……私達の監督官って、ギルドマスターだったり？」

「ふふっ、残念でした、違うよ」

あ、違うんだ？　一瞬僕もそれ疑ったんだけど。

まあよく考えたら、Aランク冒険者が二人いるテームだとしても、そのためだけにわざわざギルド最高責任者のアイリーンさんが来るわけもない、か。

「あら、そうなんですか？　なーんだ、残念。ひょっとしたら、伝説の英雄に稽古をつけてもらえるかと思って期待しちゃったのに」

「戦いたいだけのくせに、よく言うわ」

「否定しないけど……なんかエルクちゃん、最近私にあたり強くない？　何かしたっけ私？」

ちょっと不満そうなシェリーさんに、エルクが言い返すより先に、アイリーンさんが「でもね」と割って入った。

「まあ、監督官も一緒に来てるし……現役じゃなくて、冒険者ギルドのＯＧって意味では僕と同じだけどね」

「え？」

監督官の人、一緒に来てるの？

『ＯＧ』……オールドガール。引退した冒険者ってこと？　女性の。

「今日ボクがここにきたのは、付き添いみたいなもんだからね。ついでにちょっとだけ様子見させてもらったり、茶々入れたり野次飛ばしたりするかもしれないけど……基本的に、君達への指導は彼女に任せてあるから」

そう言って、自分の後方をくいっと指差すアイリーンさん。

それにつられて、僕ら四人の視線がそっちに向けられる。

「……え？」

そこには、予想だにしない人物が、たたずんでいた。

着物と浴衣を足して割ったようなデザインの服。サンダルのような草履《ぞうり》のような履物《はきもの》。

クリーム色の髪の毛の頭の上には、ぴょこんと揺れる狐耳。腰の辺りから生えている、同色の狐の尻尾。

美女とも美少女とも表現できそうな、整った見た目……ここまでは、いつも通り。

違うのは、その手元。

いつもは大体、扇子か何かを持っている左手に、どうやっても日本刀にしか見えない、かなり細身の刀剣が握られていた。

アイリーンさんに言われるまで、そこにいることがわからなかったのが、不思議でならない。

そう思ってしまうほどに、静かでありながら強烈な……研ぎ澄まされた刃のように鋭い気配を放ちながら、彼女はすたすたと歩いてくる。

今こうして目にしながらも、まとっている空気が普段の彼女とは違いすぎるがために、ちょっと脳が追いつくまでに時間がかかっている僕らの目の前で……。

「さて、と……アイリーンはんが言っとった通りや。うちが今回、あんたらの『監督官』やらしてもらうさかいな。ほな、早速始めよか、皆」

（ノエル……姉、さん？）

僕らのあぜんとした視線と、アイリーンさんの楽しそうな視線を同時に受けながら、口調だけはいつも通りな僕の姉、ノエル・コ・マルラスは、至極当然のようにさらりと言ってのけた。

第三話　『黒獅子《くろじし》』対『大灼天《たいしゃくてん》』

『大灼天』のノエル。

百年ほど前に有名だった……現役時代のノエル姉さんの通り名だそうだ。

視認すら不可能なほどに疾《はや》く、鮮やかな剣の腕と、全てを焼き尽くす灼熱《しゃくねつ》の炎を併せ持った剣士。

その二つを組み合わせた斬術《ざんじゅつ》は、単騎で龍をも落とすほど。

短期間でSランクにまで上り詰め、大陸最強の剣客《けんかく》とまで言われたらしい。

当時、現役冒険者としては五指に入るその実力を買われ、多くの国や組織から勧誘が来ていたらしいが、それらを全部蹴って、冒険者としての自由を選んだとか。

その後、次第に噂を聞かなくなり……引退したのがいつか、そして今現在生きているのかどうかもわからなくなり、表舞台から姿を消した。

冒険者というのは後から後から有望な新人が出てきて世代交代が早い職業だということもあり、やがて人々の意識から、ゆっくりと『大灼天』はいなくなり……いつしか、「惜しまれつつも引退した」「クエストの最中に死亡した」などの噂が飛び交うようになった。

……というのが、アイリーンさんの証言。

そしてその大灼天は、今僕の目の前で……狐耳と尻尾をぴょこぴょこ揺らしながら、余裕の表情で、エルクとザリー、シェリーさんを同時に相手している。


「やああああっ!!」

「――甘い」

文字通り空気を切り裂いて放たれる、エルクのダガー。もちろん、風の魔力で切れ味、強度、速度を強化済みの一撃だ。

Cランクの魔物『リトルビースト』すら倒せる一撃を、ノエル姉さんは逃げも隠れもせず、ぱしっと人差し指と中指で受け止め……あっさりと防いでいた。

そして同時に、背後から突進してきたザリーの、魔法で砂をまとったナイフの一撃を、もう片方の手に持っていた扇子で防ぐ。

器用にもナイフの腹に扇子をヒットさせて弾いた姉さんは、そのまま体を回転させ、二人の攻撃をいなして無効化した。

あの、ザリーのナイフがまとっていた『砂』が当たっても傷一つない扇子。

おそらくはマジックアイテムなのだろう。どう見ても木と紙で作られてるようにしか見えないそれを、回転の勢いのまま振るう。

金属であるナイフを、ガギンッと耳障りな音を立ててザリーの手から弾き飛ばし、たたらを踏ませた。

同時に、背後に迫っていたエルクには、腕を振り回して、ぶぉんとしなった袖で一撃。

布だし、ダメージはほとんどないだろう。たぶん、ただの牽制《けんせい》だ。

けど、その袖が顔面にヒットしたエルクは、びっくりしたのかのけぞっていた。

するとそのタイミングを狙って、正面から切りかかるシェリーさん。

「はあぁあぁあっ!!」

シェリーさんの手には、姉さんが用意した、特別頑丈な模造刀《もぞうとう》。

他の二人は真剣でも問題なし、って言われてたけど、さすがにシェリーさんの魔剣は危険らしいので、刃を潰したものを使うように言われたのだ。

それでも頑丈さなんかを考えると、シェリーさんみたいな人が使えば、普通の剣と殺傷力は大差ないんだけど……。

そんなシェリーさんの、迷いなく急所を狙ってくる一撃を……姉さんは汗一つかかずに、またしても扇子で受け流す。

そしてすぐさま次の攻撃に移ろうとするシェリーさんの剣を、ふいに別の角度からバシッと打ち据えた。

イレギュラーかつ絶妙な力が加えられたせいだろうか、ほんの一瞬だけ剣の動きが止まった。

常人にはあってもなくても変わらない、つまり何もできないような短い時間だったけど、姉さんのような達人には、十分な『一瞬』だった。

剣のコントロールをシェリーさんが取り戻すよりも先に、ノエル姉さんがシェリーさんの懐に飛び込む。

反射的に繰り出されたシェリーさんの蹴りを、相手の足の甲を自分の草履で踏みつける形で止め、剣を振ろうとするシェリーさんの腕をがしっとつかんで、そのまま合気道か何かの要領で、ぐるん!! と小さなモーションで大きく投げ飛ばした。

見事、と言う他ないぐらいにキレイに投げられたシェリーさんは、大きく回転しながら数メートル上空に舞う。

抜群の反応速度と運動神経で、落下直前に体勢を立て直して、しゅたっと着地したものの……ノエル姉さんに扇子を眉間に突きつけられていた。

そして姉さんは、隠し持っていたらしいもう一本の扇子を、今まさに飛びかかろうとしていたエルクとザリーに向ける。

二人とも、突っ込んだらやられると悟り、動きを止めた。

とまあ、こんな風に……持参した、おそらくは本来の得物なのだろう刀すら使わずに、姉さんは僕の仲間三人を子ども扱いしてしまった。

ちなみにここまで開始一分足らず。被弾数、ゼロ。

「決着、のようだね。勝ち目が万に一つもないと悟ったか、三人とも」

「……戦闘意欲が失せるくらいのデタラメな強さって、ああいうことを言うんですね」

「言っとくけど君もそっち側の人間だぜ、ミナト君」

離れた場所で見学してる僕とアイリーンさんの会話である。

ものの一分で、本気の三人をいなしてみせた姉さんは、服についた土埃《つちぼこり》をぽんぽんと払いながら、エルク達一人一人に講評を行っていた。

どう見ても動きづらそうなあの服装で、武器も使わず三人を余裕で完封とは……アイリーンさんが言ってた、元Sランクっていう話は本当らしいな。

しかもアレ、明らかに遊んでたし。全く本気出してないし。

元冒険者、ってことだけは聞いてた。Sランク云々は知らなかったけど。

そしてつい最近、ノエル姉さんの年齢が今年で百四十歳（獣人族には寿命が長い種族もいるらしい）ってことも聞いた。

最近はもう商会の事務仕事しかしてない、って聞いてたんだけど、やっぱりブランクが問題にならないくらいの実力があるってことだろうか。

「ま、当然の結果だろうね。実力はもちろん、十年や二十年生きただけの若輩《じゃくはい》くん達じゃあ、経験も何もかも足りてないから」

「ノエル姉さんは引退して長いって聞きましたけど……やっぱり、体が覚えてるもんなんですかね？」

「それもあるけど、それだけじゃない。彼女の場合、あの身のこなしは単純に、たゆまぬ努力の産物だよ。引退してからおよそ百年、実戦はごくたまにだったけど、基礎体力と戦闘技能の訓練は欠かしてなかったからね」

「なるほど」

「ブランクを補って余りある鍛錬を続けてるんだ。ノエルちゃんの実力は、今なお『最強の剣士』と謳《うた》われた百年前と同等かそれ以上。だからミナト君も、舐めてかかると死ぬよ？　彼女はたぶん、この後の君との戦いでは、きちんと得物を使ってくるだろうからね」

「……えー」

何だって訓練で、しかも姉相手に、命がけかもわからない戦いをするハメになるの……。

そんなすごい人に稽古をつけてもらえるのは、冒険者としても、弟としても純粋に嬉しいけども……限度って、あるよね？

その辺、考えて……もらえるよね？

☆☆☆

数分前まで、エルク、ザリー、シェリー、そしてノエルの四人が入り乱れて戦っていた『広場』に……今度は、二人の人間が立っていた。

一人は同じくノエル。

しかし先ほどまでとは違い……その手には刀が握られている。

まだ鞘《さや》から抜かれてはいないが、ノエルのまとう空気は、先ほどよりも鋭かった。

そしてもう一人は、広場の反対側で、準備運動の柔軟《じゅうなん》を行っている、その弟……ミナト。

エルク達の『査定』が終わり、いよいよ自分の番になった今、先ほど圧倒的な実力を見せ付けられたノエルに少しでも食らいつかんと、入念に準備をしている。

「さて……そろそろええか？　なんや随分長いこと、体温めとるけど」

「そりゃまあ、あんなの見せられちゃね……少しでも全身の筋肉をほぐしとかないと、ついていくのも難しそうだったし」

ミナトが片手、片足と、それらの関節を一つ一つ動かしていくたびに、彼の体は少しずつ戦闘準備が整っていった。

それはすなわち、いざ動く時のパフォーマンスが、より完璧なものに近づいていくということだ。

前世の知識と『樹海』での鍛練《たんれん》の経験から、運動前にきっちり体を温めておかないとパフォーマンスの質が落ちると理解しているミナトは、突発的な戦闘ならともかく、訓練などの前にはウォームアップを怠《おこた》らない。これは幼少期からの習慣である。

対するノエルは、とくにそういったものはしていない。

それが余裕からくるものか、それとも、先ほどの戦いが準備運動になったのかは、定かではないが。

その後数分かけてアップを終えたミナトは、息を整えて構える。それを見たノエルもまた、軽く息を整えて、手にした刀の柄に手をかけた。

そして静かに刀を抜くと、訓練用で刃がつぶれているとはいえ、十分な威圧感を持ったその刀身があらわになる。

「……てっきり最初は、『うちに刀を抜かせてみろ』って言われるかと思ってたけど」

「別に単なる力試しとか、そういう趣旨《しゅし》やあらへんからな。それに、あんたを相手にするんやったら、うちもこれくらい使わんと」

「さっきは武器なしで三人圧倒してたじゃん」

「立ち回るだけならそれだけでもかまへんよ？　けど、あんたと『戦う』ためには、必要やっちゅう話や」

「？　えっと、どういう意味？」

「すぐわかるさかい、待っとき」

淡々と話すノエルは、限りなく静かな雰囲気だが……その構えに、隙らしい隙は見られない。

鋭いその目つきに、自然とミナトの腕も上がり、臨戦態勢となる。

すると、ふいにノエルは、袖口から一枚のコインを取り出した。

「合図や。行くで」

それだけ言うと、ノエルはそのコインを、キィンッと音を立てて親指で弾き上げる。

観客となっているエルクやアイリーンら全員の視線がコインに集中する。

そして、そのコインが地面に落下したかしないか……その瞬間。

地面をえぐるほどの強力な蹴り足で駆け出した二人は、それに伴《ともな》うドッという轟音《ごうおん》と共に距離をつめる。

十メートル以上離れていたにもかかわらず、瞬《また》きするよりも速く互いの攻撃が交差した。

轟、と空を切って突き出されたミナトの拳を、横に半歩動いただけで回避し、反撃とばかりに刀を振るう。

横凪ぎに放たれたその一撃の速度は、ミナトが放った拳以上のものだった。それに気付けたのは、戦っていた本人達を除けば、アイリーンとシェリーだけ。

刀を手の手甲で防いだミナトは、体をその場で回転させて回し蹴りを放つ。

ごく至近距離で放たれたその攻撃を、しかしノエルは刀の柄で受け止め、一瞬競り合った後すぐに受け流した。

そして、今度は手首をたくみにひねって切っ先をミナトに向けると、再び高速で突き出す。

自分から相手の懐に飛び込み、ほぼゼロ距離に接近したことでそれをかわしたミナトは、その勢いのまま体当たりを放った。

直撃するかと思いきや、その場で垂直に跳んだノエルは、突っ込んできたミナトの頭に手をついて、跳び箱の要領でそれを回避する。

空中で刀を持ち直したノエルは、自分を追って振り向いたミナトのあごを適確に狙い、柄の部分を叩《たた》きつけた。

近すぎたために、刃は使えなかったのである。

だが、その打ち込みの鋭さからして、柄だろうと何だろうと相応の威力を伴った一撃であることは間違いない。

ゴキィッと嫌な音を立てて、金属の装飾が施された柄が、吸い込まれるように直撃したというのに、直後、ミナトは即座に反撃に転じた。

首だけでなく体ごとひねりながら、鋭い角度で上段の回し蹴りを放つ。

それをノエルは、今振り抜いたばかりの刀では間に合わないと判断し、こちらも飛び蹴りで迎撃った。

足を動かすには適さない服ではあるが、その影響にまったく感じさせない。

互いの一撃は激突し、空中にいて踏ん張りが利かなかったノエルのほうが後ろに吹き飛ばされたが、双方ともにほぼ無傷。

ノーダメージのまま、二人は距離を取る。

しかしあえて今の攻防に勝敗をつけるとするならば、柄ではいえ一撃を叩きこんだノエルに軍配が上がるだろう。

この間、わずか数秒足らず。見る側も一瞬たりとも気を抜けない、高速にして濃密な戦闘だった。

「はい、今の戦いを見て、あそこに割り込めそうな人、挙手ー？」

「………」

「うん、見事な沈黙だね。これでもかってくらいに予想通りだよ」

「だったらわざわざ聞かないでくださいよ、こっちはむなしくなるだけなんですから」

エルクがそう言った。

「それをばねにしてより一層前に進みたまえ、若人よ。それも一応、今回ノエルちゃんが君達のコーチ役を買って出た理由というか、目的なんだからね」

軽口を叩くアイリーンただ一人が、今の攻防を最高のショーであるかのように、満面の笑みと共に眺めていた。

その他の反応は、三者三様。

しかし、アイリーンのように楽しんではいない……というよりも、楽しんでいる余裕がない、という点では共通している。

規格外の戦いにあぜんとしつつも、食い入るようにそれを見ているエルク。

普段の飄々《ひょうひょう》とした態度が影を潜め、顔がやや強張《こわば》っているザリー。

そして、混ざりたそうにうずうずしていたものの、今の数秒の攻防で、戦っている二人と自分との明らか過ぎる力量差を目の当たりにして汗顔のシェリー。

ただ見物するのではなく、戦いの中から技を何か盗めればと考えていた三人だったが、エルクとザリーは早々に諦めていた。

シェリーは一応、まだ粘《ねば》るようだが。

「ま、あそこまでできるようになれとはさすがに言わないけど、彼女……ノエルちゃんは、この訓練に参加した以上、きっちり君らも鍛《きた》える気まんまんらしいから、頑張ってね？」

「……手加減はしていただけるんですよね？　あのレベルの戦闘に巻き込まれたら、怪我じゃすまないんですけど」

「ははは、安心しなよ。ああ見えてノエルちゃん、人に教えるのは結構得意でね？　各自の伸ばすべき能力をきっちり見極めつつ、死なない範囲で鬼コーチをやってくれると思うよ」

「…………」

絶句するしかないエルクである。

「さて、いい具合に静かになったし、みんな注目しな、また始まるよ」

アイリーンの言葉に、再び三人は広場に目を向けた。

「瞬きなんぞしたらあかんで？　もーちょっと速《はよ》うなるさかい」

「えー、マジ――」

『マジで』と、ミナトが言い終わる前に、一瞬にして膨れ上がった特大の威圧感と共に、ノエルの刀が横一文字に振り抜かれる。

直後、ミナトは前世で見たＳＦアクション映画《マトリッ○ス》を思い出しながら、上体を大きく逸らして、『それ』をよけた。

次の瞬間、今までミナトの胸があったところを『それ』は通過し、背後の小屋に直撃。

その小さな建物は、上下真っ二つに両断されると同時に、切断面から燃え上がり……相当古い木製だったこともあって、瞬く間に灰になった。

次弾が飛んでこないことを悟ったミナトは、大きく上体を反《そ》らした――視界が上下逆になるくらい――まま、額に汗をたらりと逆方向に流す。

「……飛ぶ斬撃か、燃える斬撃か、せめてどっちかにしてよ」

「安心しィや。まだあと、曲がるのとか爆《は》ぜるのとか増えるのとか跳ねるのとか、いろいろあるさかい。全部体験させたるわ。弟の成長のために、お姉ちゃん出血大サービスや」

「や、出血するのはどっちかというと僕……あ、でも傷口を焼かれたら血は出ないか」

「わかっとるやん」

「それ肯定しちゃうんだ？　やっぱ全然、安心できないや」

言うなり、ミナトは体勢を元に戻し、すぐさま地を蹴った。

攻撃は最大の防御、とでも言わんばかりに、相手が何か反応するより前に攻撃を叩き込まんとする。

しかし、それを予想し待っていたノエルは、予告どおりの攻撃で迎え撃つ。

一瞬にして様々な方向に刀を閃《ひらめ》かせると、その一つ一つから赤い光の刃が放たれた。

「跳ねるっ⁉」

しかもそれらは、スーパーボールのように地面を超高速で跳ね回りながら、全弾がミナトめがけて殺到する。

並の相手なら、見切るどころではなく、反応する前に全身を焼かれ切り刻まれるその刀の嵐を、ミナトはじっとよく見て、軌道を予測した。

しかし、どうやらノエルが逃げ場がないよう刃を放ったことがわかり、避けるのを諦めた。

「だったら……力ずくでっ‼」

正面から迫る赤い刃に向けて、ミナトは蹴りを放つ。その足が捉えた刃を全て叩き落し、消し飛ばした。

高熱と共に爆散し弾け飛んだ刃の隙間にミナトは飛び込み、残りをかわす。

ノエルはそれを、感心した様子で見ていた。

「ほー……普通やったら、アレを蹴ったりしたら間違いなく足が消し飛ぶか焼け落ちるねんけど、ピンピンしとるな。大したもんや」

「……さらっと怖いこと言わないでよ。弟を片足にしたいの？」

「アホ、あんたの肉体強度じゃ、今のがたとえ直撃したって火傷《やけど》か打撲《だぼく》するかせんかやろが。ちゅーか、わかるか？　うちが何であんたに対してだけ、こうして武器を使とんのか」

そう言うと、ノエルは刀の峰《みね》をぽんぽん、と叩いた。

「ミナト、あんたを相手に戦う時に、厄介なことはいくつもある。けど、中でも一番タチ悪いんは、何やと思う？」

「？　さあ……不真面目さ？」

「それもあるけどな……正解は、あんたのその冗談みたいな『頑丈さ』や」

そう、はっきりと言い切ったノエルは、刀の切っ先をびしっとミナトに向ける。さながら、教鞭《きょうべん》で生徒を指す教師のように。

「体の強度がそもそもおかしい。刀で斬れへんし、毒で溶けへん、火がついても燃えへん。並の腕力やハンパな魔法じゃ完全に火力不足で、まずあんたにダメージを与える手段があらへん。障壁の魔法以上の防御力をデフォルトで持つ肉体……あらためて言葉にされるととんでもないって思うやろ？」

「うん、まあ……エルクにも言われたしね、十回くらい」

全面的に、ノエルの言ったとおりであった。

ミナトは実際、冒険者としての戦いの中で、『ディアボロス』以外からまともにダメージを受けたことがない。ミナトの開発した魔法『エレメンタルブラッド』で強化された、その強度ゆえに。

現に今の戦いでも、あごに柄の直撃を受けたにもかかわらず、脳震盪《のうしんとう》も起こしていない。

常人なら一撃で気絶必至のダメージも、ミナトの強靭《きょうじん》な骨、筋肉等により、脳を揺らすことも、打撲によるダメージも与えることもできずに終わっていたのである。

「そういうわけや。戦闘訓練ちゅーんは、痛くなきゃものを覚えへん。あんたにきっちり痛がらせるくらいの威力出すには、それなりの武器持たなあかんから、訓練用とはいえこないなもんを使っとんねん。もっとも、今数合《すうごう》打ち合うてみた感じ……」

一拍。

「あんたの戦闘時の肉体強度は大体わかった……模造刀《コレ》でなら、多少本気出しても大丈夫そやな」

直後、再開の合図もなく、先ほどと同じ赤い斬撃の嵐がノエルの刀から放たれる。

しかしミナトは今度は焦らず、ざっと片足を後ろに引いて構えた。

「二度同じ手はっ‼」

横一文字に足を一閃《いっせん》させて、鋭い蹴りをミナトが放った……その瞬間。

――バァン‼

「！！？」

その場にいる全員が目を見張る。耳に痛みを感じるほどの轟音が轟き、あたり一面を強烈な衝撃波が襲ったのだ。

その威力で、前方から迫っていた赤い刃が全部弾け飛んだ。

今のミナトの蹴りの正体が、風の魔力で作った空気の壁を、蹴りで破ったことによる『ソニックブーム』だということを知っているのは、訓練の際にその技を開発過程から見ていたエルクのみである。

そのエルクですら、その発生メカニズム——音速を超えた物体が空気の壁を破る時に衝撃波を生む（この場合は擬似的なもの）——を知っているわけではない。

「やれやれ、相変わらず妙ちきりんな技を使いよるな」

「じゃ、今度は逆に超わかりやすい手段で攻撃させてもらおうかな」

言うなりミナトは、バックステップで後ろに下がると、背後にある小さな小屋の軒下《のきした》にしゃがんで、柱に手をかけた。

ノエルを含め、それを見ていた全員が頭上に『？』を浮かべた直後。

ミナトが腰を伸ばして立ち上がると同時に、ばきぃっと破滅的な音を立てて、家が土台部分から持ち上がる。

「……ねえ、私、目がおかしくなったのかしら？　今、ミナト君が家一軒を持ち上げてるように見えるんだけど」

「奇遇《きぐう》ね、私も今同じ幻覚を見てるわ」

「僕は今回ノーコメントで」

シェリー、エルクが言うと、ザリーが苦笑した。

「どっ……せい‼」

そんな掛け声と共にミナトが持っていた家を、勢いよくノエルに向けて投げた。

「……信じられんことしよるな、ホンマに」

しかしノエルは、眉一つ動かさない。

代わりに刀を一瞬で数度閃かせると、次の瞬間、まだ二人の中間地点にあった家が、切り刻まれてバラバラになった。

どうやらきちんと計算して切り刻まれたらしく、その残骸は、ノエルを避けるようにあたりに散らばる。

「もう一丁！」

「またかい！」

もう一軒ミナトが投げてよこした、今度は少し大きめの小屋を、再度バラバラにすべく刀を構えた直後。

かたっ、と背後で何かが動く音を捉えたノエルが、はっとして視線を向ける。

「……っ⁉」

ノエルの目に、先ほど自分が切り刻んだ家の残骸の中から鉄管《てっかん》や鉄釘《てつくぎ》などが無数に抜き出され、勢いよく自分のほうに飛んでくる様子が映った。

一瞬、意味のわからない光景に驚いて硬直するノエルだが、すぐにその理屈まで全てを推測し終えていた。

（！　これは……『磁力《じりょく》』！　さては最初からコレを狙って家を……でも、甘い!!）

弟が、雷と土の魔力を混ぜた『磁力』を扱えることを思い出したノエルに、上と後ろの二方向から、常人なら致死確実の攻撃が迫る。

「――はぁあァっ！！！」

ノエルは一瞬のうちに、爆炎とともに十数もの斬撃を放ち、巨大な家と無数の金属片の全てを切り裂き、消し飛ばし、叩き落した。

今度は全てが消し炭になっていて、磁力でも引き寄せられない。

――が、その直後、ノエルは後ろに気配を感じてそのまま背後を薙《な》ぐ。

「もらったァ!!」

ガギィン!!

しかしその刃は、耳障りな金属音と共にミナトの頑強《がんきょう》な歯によって受け止められ、そのまま噛み砕かれた。

☆☆☆

……死ぬかと思った。

いや、これ絶対、テストとか訓練の範疇《はんちゅう》じゃないって。模造刀ってのはわかってたけど、割とマジで斬られるかと思った。

けど悔しいことに、それ以上に価値がある数分間だったと思う。

それほどまでに、僕がこの戦いで学べた、あるいは気付けたことは多かった。

多分、単純な腕力や頑丈さなら、今の僕でもノエル姉さんには十分勝っている。スピードもそこまで差はないといっていいだろう。

しかし、そんなことが問題にならないほどに見事な戦い方を、この短時間でノエル姉さんは見せてくれた。

無駄な動きを一ミリもなくした体さばきが可能にする、ギリギリに見えて実は余裕な回避法や、攻撃の受け流し方。

一見手数や速さに頼んでいるようで、その実きっちり計算された攻撃の数々。次に僕がどう動くというのを、普通に読まれてた。

そして何より、速度と威力を併せ持った、脅威的なその剣技。

体さばきと同様に極限まで研ぎ澄まされたその一撃一撃は、強化した動体視力でも、捉えるのはかなり難しかった。

後で聞いたところ、エルクとザリーは、剣速が速くて全然見えなかったらしい。

シェリーさんは、かろうじて見えたけど反応できそうにない速さ、って言ってた。

模造刀でこれだ。真剣で本気を出されてたらなんて……ちょっと考えたくない。

最終的に今回は武器破壊で試合続行不能にできたけど……今思うと、実力を測ってもらうテストなのに、これってどうなんだろう？

けど姉さんに聞いたら、「ま、ええよ。大体わかったし」とのこと。さすがノエル姉さん。

ちなみに最後のは、ホントは拳で砕くつもりだったんだけど、姉さんの刀が速くて間に合わなかったので、急遽《きゅうきょ》予定を変更して口でキャッチした結果だったりする。

いや、焦った。噛むのが一瞬遅かったらあごが砕けてたかもしんない。

刀が砕けた時点で、アイリーンさんの鶴の一声で引き分け、ってことになったけど、実際のところ、勝てる気は全くしない。

あのまま戦っても、有効打を叩き込めた気がしないし。

単純なスピードやパワーなら負けてないはずなのに、ここまで実力差を感じる理由は何なのか。

一体全体、あの強さはどうやって編み上げられているのか。

たぶんそれは、この先に待ち受けている、姉さん直々の訓練の中で学べるんじゃないかと、僕はなんとなく予感していた。

第四話　訓練その一とリュート再び

　姉さんプロデュースの訓練は、あのまま廃墟で行われるものではなかった。

　あそこに行ったのは、ただ単に広い場所で戦うことで、僕らの実力や弱点を把握するため。

　バトルの後、僕らは姉さんの指示で場所を移すことになった。

　見物に来ていただけのアイリーンさんとは、訓練について回る時間もつもりもないらしいので、ここで別れた。

　そして僕らは今、本格的な訓練――と言うよりも、『修業』とか言ったほうがよさそう――のために、移動中である。


「――ただの商隊の護衛に見える件について」

「ま、実際せやからな」

「ぶっちゃけたね、思いっきり」

　商談に向かう『マルラス商会』の商隊の馬車列。

　僕らはその中の一台に乗り込み、商人と一緒にその商談の場所とやらに向かっている最中だ。護衛役の冒険者、という名目で。

・目的地の近くに、修業にもってこいの危険区域があるらしい。
・護衛を雇う経費の節約になる。
・その地域には前々から姉さんも行くつもりだった。

これら三つの条件が重なったので、今回の訓練にちょうどいいから皆で行こうか、ってことになったのだ。

「今回の目的地はここ……山間部の盆地《ぼんち》にある村『トロン』や」

馬車の中で姉さんが地図を広げて、四方を山に囲まれた、秘境みたいな村を指差してそう言った。

確かに『トロン』と地図に書いてある。

山の中にあるせいで、環境的にも文化的にもかなり閉塞した村であるらしく、外部との交流を持つようになったのはごく最近、ここ十数年程度のことらしい。

そのせいか、村の近くにある山や湖なんかには、かなり良質な天然資源がたくさんある。

最近のトロンの村は、それらを材料に都会との商取引を進めるつもりでいるから、商売人として交渉に熱が入るとか何とか。

大体日程としては、ウォルカ‐トロン間の移動に片道五〜六日、トロンに滞在して商品の品定めなどに費やすのが約三週間から一ヶ月とのこと。

合計して一ヶ月以上の旅路となる。こないだの『花の谷』以上の長さだ。

で、空き時間を有効に使って、僕ら四人に稽古を付けてくれるらしい。

廃墟での戦いを通して、姉さんはすでに僕らに必要な能力と、そのトレーニングメニューを考えているらしい。

今日は疲れてるだろうし、訓練を始めるのは明日からにするとのこと。


そして翌日。

てっきり朝早く叩き起こされて、まだ日も昇らないうちから地獄の早朝訓練開始！　みたいな展開になるんじゃないかと思ってた僕らの予想は外れ、むしろ普通の商隊よりもゆったりとした起床・仕度の後、朝連らしきものすらなく出発した。

そして、その道中。

「……何で座禅《ざぜん》？」

内容的になんというか意外な、最初の特訓メニューが僕達に課せられていた。

さかのぼること数分前。

馬車に乗るなり、僕ら四人が姉さんに「これ飲み」と渡されたのは、小さめの湯飲みに入った、何かの液体。

お茶には見えない。酒でもなさそうだ。この匂い……薬かな？

まさかヤバイ薬物を使ってドーピングなんてわけはないだろう。何なんだろこれ、と思っていた僕らが質問するよりも前に、姉さんからきちんと説明が入った。

それによるとこの液体は、一応お茶らしいが特殊な薬効があり、飲んだ人の三半規管《さんはんきかん》などを過敏《かびん》にする作用があるとのこと。

つまり簡単に言うと、これを飲むと、乗り物酔いしやすくなるんだとか。

ただの薬効なら、テキーラを何リットル飲もうがへっちゃらな僕には効かないはずなんだけど、どうやらそれを見越した姉さんの特別製らしいんだ、これが。

なんでも、知り合いの薬師に調合を頼んだらしい。『調合』とか言ってる時点で、もはやお茶じゃない、と思う僕は、何か間違っているだろうか？

『エレメンタルブラッド』で強化された僕の解毒機能をも凌駕《りょうが》するなんて、どんな仕組みだ？無駄に気合《きあい》入れすぎ……なんて文句言ったりはしないけど、さ。

鍛えたいって言ったの、僕からなんだし。

さて話を戻すと、僕らは今、馬車で移動中だ。

当然そんなものを飲めば、サスペンションなんかもついてない馬車の上だ。ガタガタ揺れて、酔うのは必至だろう。

その状態のまま、自分なりに楽な姿勢で、薬の効き目が切れるまで約三十分耐える……というのが、最初のメニューだった。

これが……思ったよりきつい。酔いが予想以上だ。

揺れるどころか、ちょっと体を動かしただけで気分が悪くなる。

腕一本動かしただけで立ちくらみが襲ってくる。

立ち上がったり全身を動かしたりしたら、悲惨《ひさん》なことになると容易に想像がつく。

そうならないためには、極力体を動かさずに、微動だにしないようにしていることが必要である。

そう僕らが気付くのに、あまり時間はかからなかった。

極力『動かない』状態でいるためには、心を落ち着ける必要もあった。

何せ、物音に反応して振り向いたり、肩が震えたりした場合でも、気分が悪くなって頭がぐらっとするんだ。

そのせいで精神の平穏を乱して、さらに体が動いちゃうと、やはり言うまでもなく悲惨なことになる。

　つまり今の僕らに求められるのは、三つ。

・自分なりの疲れない体勢を探してそれを保つ。
・心を落ち着けて、少しの揺れや物音に動じない。
・馬車の揺れには、体の重心バランスを崩さないように対応。

同じ姿勢で、長時間動かずに耐える……なので、座禅だ。

僕は前世を思い出して、座禅の形を取っていた。小学校の夏休みとか、近所の寺でやらせてもらったことが何度かあるから。

それと僕の中で『修業』&『動かない』ってなると、座禅か滝行《たきぎょう》だし。形から入るってことで。

あぐらをかいて、揺れるたびに襲ってくる気持ち悪さと戦い、ひたすら耐える。

横になるのは禁止されてないけど、なぜか余計に気持ち悪くなるので、何かしらの形で座っているのが一番楽なのである。

現在、他のみんなも思い思いの姿勢で座っている。

エルクは体育座り。ザリーはあぐら、もしくは立て膝。シェリーさんは、足を伸ばして壁に背をつけてもたれてる。そして僕は、今言ったとおり、記憶を頼りに組んでみた座禅スタイル。

助かったのは、午前中に行う訓練はコレだけだということ。

言うだけなら簡単だけど、やってみると結構しんどいこの訓練を、僕らはどうにか、朝食べたパンと野菜スープを戻したりすることなく、やり抜いた。

終わった後、とても無事とは言えない状態だったけども。

それから数日の間、つまりはトロンまでの移動中の訓練メニューは、座禅に加え、一日二回、姉さんと組み手をするだけだった。

エルクとザリーはそれに加えて、基礎体力をつけるための筋トレなんかもやってたけど、その必要がないと判断された僕とシェリーさんは免除。

その分組み手の時間が長くて、だいたいエルク達の倍の時間、戦ってる。

でもてっきり、『樹海』で母さんとやってたみたいな地獄の特訓があるかと思ってただけに、少し拍子抜けだった。

内容は、きついって言えばきついけど、そこまでじゃないし。

とくに座禅は、拍子抜け以前に、目的が謎だ。

あれって何を鍛えてるんだろうか？　ただ体を上手く操って、極力揺れないように、気持ち悪くならないようにしてるだけな気がする。

組み手は、姉さんが普通に強いし（しかも座禅の後なので、気持ち悪い中でのバトルで難易度アップ）、一応意味はあるような気がしてるけど……うーん、わからん。

果たしてこの修業の先に何を得られるのか……まだまだ未熟なせいか、僕には予想もできなかった。

☆☆☆

はい、一気に話が飛びます。

出発から六日が経過。

結局座禅と組み手の二つ以外の訓練メニューは実施されないまま、僕らは、今回の目的地である山村、トロンに到着した。

途中何度か魔物に襲われたけど、意にもかけない感じ。

エルクすらランクCとなった今、このメンバーで危険な状況ってのはそうない。

ましてや今回はノエル姉さんがいる。

一回、座禅中に敵が来たんだけど、気にせず集中してろって言い残した姉さんが出撃すると、数秒で静かになった。

あの短時間で何をしたのかすごく気になる。爆発音とか斬撃音とか、なんかすごい感じの音が聞こえてたけど、てんで想像つかなかったし。

そんな旅路もようやく終わり、朝、恒例の座禅を終えて数十分後、商隊はトロンに到着した。

姉さんからは、宿を取って本格的に落ち着いたら、訓練メニューを増やす、って昨日聞かされた。

なので今日の午後か、もしくは明日から、また違った訓練が始まるんじゃないだろうか。

当然不安もあるけど、同じぐらい期待もある。

僕らがこの先のステージへ進むためのメニューは果たしてどんなもんなのか。そして僕らは無事それをクリアできるのか、と思っていたところ——。

「何言ってるんだよ、そんなの……おかしいだろっ！」

村に入り、ゆっくり進む馬車の中で荷物をまとめていた僕らの耳に、そんな声が聞こえてきた。

気のせいだろうか？　何だか、最近聞いたことがある声のような気が……。

大きな声だったので、同じ馬車の中にいたエルクやシェリーさんにも聞こえたみたいだ。ザリーは、今は他の馬車にいるからわからないけど。

二人とも、同じように『え？』っていう表情で、若干顔をしかめてる。

理由は明白。声、口調、それに発言内容……それら全てに覚えがあったからだ。

しかも、決していい思い出とは言えない。

……あんまり会いたく、っていうか見たくもないけど、ほっとくと後々《のちのち》厄介な事態になりかねない。

一応、確認ぐらいは済ませておくとしよう。

無言で視線を交わした後、エルク、シェリーさん（両名とも不本意な表情）と一緒に外に出ると…………いたよ、おい。

今日も元気に、どこぞの商人に絡んでる……奴が。

見覚えのある精悍な顔と水色の髪。着ている服と鎧は白と青がメインのカラーリングで、きちっと手入れが行き届いている。

そんな、ウォルカで僕らとひと悶着《もんちゃく》あったリュートが、どういう事情なのかわからないが、またしても面倒事の中心にいた。

すでに外にいて状況を把握していたザリーがこっそり駆け寄ってきて、苦笑しながら簡単に説明してくれた。

あのお節介《せっかい》、今度は何をしてんのかというと……どうも奴隷商人につっかかっているらしい。

ただ『奴隷商人』とだけ聞くと、非合法な裏稼業《うらかぎょう》に結び付けがちだが、この世界では、合法的な奴隷も一応存在するのだ。

たとえば、犯罪者が刑罰として奴隷に身分を落とされた『犯罪奴隷』。

家族や自分自身を売ることによって金銭を得る、いわゆる『身売りの奴隷』。

合法的なものだと、この辺が代表的と言えると思う。

そして、そういった奴隷を商品として扱う合法的な商人も当然いる。王都とかの大きな町に行けば、そう珍しくもない、ってエルクが言ってた。

で、その奴隷商人が商隊規模でこの村に来てたらしいんだけど、そこで黙ってなかったのが、あのお節介青年。

バカ正直な主人公的思考回路を持つリュートは、合法だといっても、公然と行われている人身売買をよしとせず、奴隷商人に食って掛かっている。

内容は簡単。『人を売り物にして扱うなんてかわいそうだ！　解放してやれ！』。以上。

……うん、すがすがしいくらいに予想通りです。

まあそれはともかく、相変わらずトラブルを恐れないな、あの男。

確かに、仮にも人身売買だ。人道的に全く問題がないかって聞かれれば、否だろう。

けど、一応昔から一つのビジネスとして立派に成立してきた事柄なんだ。当然、いくら人道的に問題ありで気に食わないからって、これをいきなり不法とするのは難しいし、混乱を招くだけだろう。

個人がいくら良識振りかざしてどうこう言ったって、どうにかなる問題でもないように思える。

まあ、それでも引かないんだろうな、あそこにいる彼は。

奴隷のことを、人権を完全に無視した非道な商売と思い込むくらい、凝り固まった正義感を持ってるやつだし。

「おいおい、ホント勘弁してくれよ冒険者の兄ちゃん。こちとら商売でやってるんだからさ、邪魔しないでくれって」

「何でそんなことを平然と言えるんだ！　彼らはれっきとした人間なのに、売り物として扱って、良心は痛まないのか!?　人としておかしいじゃないか！」

「あのね、ここにいる奴隷は、きちんと相応の手続きを踏んで、正規の手順で奴隷に身を落とした連中だ。あんたの言いたいこともわからないじゃないけどね、別に私らは違法な商売やってるわけじゃないだろう？」

「法的に問題がなければ何やってもいいのかよ⁉　じゃあ聞くけど、法で許されたら、あんたは簡単に人を殺せるのか⁉」

「おいおい、いくらなんでも飛躍《ひやく》しすぎだって。そんなこと言い出したら、話が堂々巡りでキリがないだろうが」

自分が正しいと信じて疑わないリュートは今日も元気だ。

奴隷＝非人道的、奴隷商人＝悪、という方程式の下、困った顔の商人に食ってかかる彼は、周囲からいろんな視線を向けられていた。

圧倒的に多いのは、何もわからない子供がわがままを言っているのを見るような呆れた視線。次いで、珍しいものを見るような視線。

ごくわずかだけど、リュートを応援するような、尊敬するような温かい視線もいくつか。

まあ、さぞ奇妙なんだろう。子供でもないあんないい年の青年が、真面目な顔で甘い理想をとうとうと説いてる光景ってのも。

そういや、ウォルカで見た仲間二人がいないな……別行動中なんだろうか？

まあ、いたらいたでもっと面倒くさい展開になってただろうから、かえってよかったのかもしれないけど。

「まあとりあえず、僕らはスルーの方向で」

「当然ね。あんなのと関わっても得なんて一つもないわ。このままやり過ごしましょ」

見事な満場一致でリュートへの対応――『対応しない』という対応が決まったと思ったら、ちょうど姉さんの商隊も停車場への歩みを再開した。

……後で聞いた話だと、あの時、姉さんもリュートの存在に気付いたので、絡まれて何か文句を付けられないように急いだらしい。

やはりというかリュートは、商人達のネットワーク内では、ブラックリストレベルの嫌われ方をしているようだ。

ただ、その場をすぐに離れてしまった僕らは、その時気付かなかった。

そのすぐ近くの建物にいた、ある者達の存在に。

☆☆☆

ミナト達を乗せた馬車が、通過して数分後のこと。

未だにリュートは商人との口論を続けていた。

商人達の扱う『商品』……つまりは奴隷が輸送用の馬車から運び出され、一列に並んでそのすぐ先の奴隷商館へと連れ込まれていく。

中には悲痛な表情を浮かべている者もおり、当然それを見たリュートの頭にはさらに血が上り、今にもつかみかかりかねなかった。

その時、列に並んでいた一人の少女が、突然前のめりに倒れた。

赤いラインの入った首輪をつけたその少女は、苦しそうに胸を押さえている。呼吸も不規則で、傍から見てかなり異常な状態だった。

それを見たリュートは、今まで商人に見せていた剣幕を一瞬で引っ込め、少女の傍に駆け寄る。

倒れ込んだ少女を助け起こし声をかけると、少女も一応意識ははっきりしているようで、弱々しい声で返事をした。

が、その直後。

「おーぅ、ちょーっと待ちな、そこのお嬢ちゃん」

リュートの背後から、そんな野太い声が聞こえたかと思うと……いきなり二本の腕が伸びて、リュートの腕の中にいた少女の体を抱えて立ち上がらせた。

「⁉」

いきなりのことに驚いているリュートには目もくれず、その腕の主は、困惑している少女の体のあちこちをぽんぽんと触っていく。

半袖のシャツに、頑強そうな生地のズボンを身につけた、筋骨隆々《きんこつりゅうりゅう》とした男だった。色黒の肌とソフトモヒカンの髪型が、その印象をよりワイルドなものにしている。

ボディタッチと言っても、セクハラをしている印象はない。腕や腹、喉を手のひらで軽く触っている様子は、何かを調べているかのようだった。

例えるならそう、危険物持ち込み防止の、ボディチェックのようだ。

ほんの数秒そうしていたかと思うと、男は早口で言う。

「あァ、大丈夫大丈夫、大したことない。うん、よかったな、さっさと立ちな」

先ほどまで苦しそうにしていた少女を立たせると、どんと背中を押して奴隷達の列に戻させようとする。

そこにいたって、はっとしたようにリュートが再起動した。

「ちょっ、な、何してるんだよあんた⁉　いきなり出てきて……彼女は苦しんでるんだぞ！　病気か何かで……それをあんた、こんな扱いを！」

「大丈夫だって、落ち着け青年。この子は別に、何も大したことねーから」

「でたらめ言うな！　こんなに咳《せ》き込んで苦しそうにしてたのに、大したことないなんて、そんなはずないだろ！」

リュートが指差す先では、あの少女が再び胸を押さえて、ゴホゴホと……。

「あーそりゃ心配すんな。こりゃ仮病《けびょう》だ仮病」

「⁉　け、仮病？」

「そだよ。ほら、いつまでも下手な演技してないでしゃきっとしな、お嬢ちゃん」

言うと同時に、ばん、と強めに少女の背中を叩く男。

その平手の強さに、思わず少し大きく息を呑《の》んだ少女だったが……その直後、男から向けられた鋭い視線に気圧されたのか、びくっと身を震わせる。

次の瞬間、少女は先ほどまでの弱々しい雰囲気が微塵もない、悪戯に失敗した悪ガキのような表情になると、ちっと舌打ちをして、奴隷達の列に戻った。

その様子にあぜんとしているリュートに、男は何かを差し出した。

それを見たリュートは驚く。

「っ⁉ そ、それ、僕の財布《さいふ》⁉ 何で……」

「あー、やっぱ気付いてなかったか。今の奴隷娘にすられてたんだよ。うかつに近付くくせに、脇が甘いから」

「っ⁉」

「よくある手だぜ、病人や行き倒れを装って、助けに来た善良な人をカモに……ってな。ってか、赤いラインの首輪は犯罪奴隷の証だってのはよく知られてるだろ？ ちっとばかり用心が足りないんじゃないの？」

反論する暇もなく適確に指摘され……というか、反論できる部分もろくにない様子で、リュートは少しむっとした表情になっていた。

「まあ、仮病まで見抜けとは言わねーが、ちゃんと疑うこともしないと、そのうち寝首をかかれるぜ？ あんたみたいな『いい人』はとくに、な」

「……そんな、会う人会う人を疑うような生き方はしたくないな」

「おーぅ、なんて頭の下がるお言葉」

「っていうかあんた、何者なんだよ？　いきなり出てきて、あっさり仮病を見抜いて……それに、彼女の体をあちこち触ってたけど……奴隷商の関係者か？」

「うんにゃ、俺はただの通りすがりのお医者さんだよ、青年」

「医者？」

「ああ……っといけね、連れを待たせてんだった。じゃあな青年、もう騙されんなよ！」

「あ、ちょっ⁉」

一方的に会話を切ると、男はその場から駆け足で去っていく。

まだ何か言いたそうなリュートだったが……あっという間に、その色黒の謎の男は、人混みの中に消えてしまった。

第五話　訓練その二と集《つど》いし五人

僕らがトロンに到着した、翌日のこと。

「……はい、三十分経過。もーええで」

「……はぁ」

各々《おのおの》の口からいっせいに漏れるため息。

今日も今日とて行われている、姉さん印の訓練、『座禅もどき』。

神経が過敏でも酔わないようにするというこの訓練に、今日も僕らは苦労させられていた。

といっても、さすがにもう七日目。

一日あたりの回数も一度ではなく増やされてきてたから、さすがに慣れてきたのか、結構余裕を持ってできるようにはなってるけど。

ちなみに、道中は馬車で揺られながらの座禅だったけど、街中で馬車に乗ることはない。

そこでノエル姉さんが用意してたのは、なんと船。

それも、クルーザーとかモーターボートとか、ああいうタイプじゃない。普通の公園の池で、十分何百円で貸し出してそうな手漕《てこ》ぎのボート。

そのちょっと大きめの奴を借りて、すぐ近くにある湖に浮かべ（トロンは湖畔《こはん》の村で、琵琶湖よろしくでかいのがすぐ近くにあった）、姉さんが直々に漕ぐ。

その上で三十分、朝っぱらから座禅をするのだ。

で、結局何が言いたいかっていうと、揺れる。アホみたいに。

それこそ、馬車に乗って座禅してた時よりよっぽどきついんだ。船の上って。

馬車が『がたがた』なら、船は『ゆらゆら』『ぐらぐら』って感じの揺れ方をする。

言葉だけじゃ伝わらないかもしれんけど、ほんとにきつい。

姉さんがびっくりするくらい漕ぐのが下手なこともあって、右に左に前に後ろに、予測不可能かつ大きな揺れが常時襲ってくる。

この状況で、お茶で過敏になった神経でも酔わないようにするってのは至難《しなん》の業《わざ》だ。三十分経過して陸に上がる頃には、四人ともかなり参っていた。

エルクはダウン寸前。

ザリーも、じまんのヘラヘラ顔が崩れかけてる。

シェリーさんも僕も、ちょっともう限界気味。

だというのに。

「よーし、ほな三十分休憩。今日から新しい訓練メニューを加えるさかい、気ィ引き締めや」

……我が姉は、ほんとに予想外にスパルタ主義のご様子だった。

何も聞かされないまま、残り一分を切ってしまった休憩時間。姉さんが置いていった三十分ぴったりの砂時計があるので正確にわかる。

なんとか体力を回復させせようとしていた僕らの前に、無情な教官が戻ってきなすった。

また、何に使うのかわからない道具を携《たずさ》えている。

その手に持っているのは、そこらの露店で買ってきたと思われる、真新しい木桶《きおけ》。

そしてその中に、一升瓶《いっしょうびん》くらいの大きさのガラスのビンを一本と、三十センチくらいの長さの細い棒を数本入れていた。

姉さんは僕らに集合をかけると、持っていた道具一式を地面に置く。

そして、ビンの中身の液体を、どぼどぼと桶に注ぎ込み始めた。

十数秒後にビンが空になると、今度は数本の棒のうちの一本を手に取った。

近くで見て気付いたけど、この棒、中がくりぬかれてて管状になってる。ストローみたいだ。

それを桶に半分くらい入った謎の透明な液体にちょんちょんとひたし、もう片方の端っこを口にくわえて……ん？　これってもしかして……。

「おーっ」

おお、やっぱり。シャボン玉。

しかし、ただのシャボン玉……じゃ、ないな。

息を吹き込まれて出てきたシャボン玉は、その一つ一つが大きく、どれもほぼ同じくらいだった。直径十センチくらいだろうか。

しかも、普通のシャボン玉は無色透明か、光の加減で虹色に見えるはずだがこれは違う。色とりどりの、色つきセロハンみたいな色をしている。

赤いのとか青いのとかいろいろあるけど、複数の色が混ざってたり、光の加減で色が変わるようなのは一つもない。

そして、空高く上っていったり、地面に落ちたり、途中で割れて消えたりもしない。

いつまでも、一定の高さに滞空している。

おまけに、一つ一つのシャボン玉から、微弱ながら魔力を感じるときたもんだ。

おそらく魔力がらみのシャボン液に何度も浸しながら、何十個ものシャボン玉を量産したところで、姉さんは僕らに向き直る。

「じゃ、修業メニューその二、始めるで。その名も『シャボンそろえ』や」

なんというか、前世でもよくあったゲームを彷彿《ほうふつ》させる内容だった。

ルールというか、仕組みは簡単。

特殊シャボン液で作ったシャボン玉を、『そろえて』『消す』。

この複数の色があるシャボン玉は、同じ色のものを二つくっつけると、ぽんっという快音と共に弾けて消える、不思議な仕組みになっていた。

この性質を利用して、たくさん浮いているシャボン玉をどんどん消す、というのが今回の修業。

しかし当然のごとく、ただそれだけの単純作業なわけがなかった。

このシャボン玉にはまた別の特殊なシステムがある。

それは、シャボン玉がまとう魔力と同量の魔力を手に宿らせないと消せない、そもそも触《さわ》れない……というもの。

さっきも言ったとおり、このシャボン玉はそれぞれ微弱な、そして違った量の魔力を持っている。

その魔力量を見極《みきわ》め、同じ量の魔力を手にまとわせることで、シャボン玉に触れることができるのだ。

魔力が多すぎたり少なすぎるとどうなるかというと、シャボン玉が増えるのだ。

触った瞬間、アメーバみたいにぐにーっと分裂して二つになる。

なのでこの修業、上手く魔力制御できずに、でたらめにシャボン玉に触ってると、どんどん増えていくのだ。

そして周囲に浮かぶシャボン玉が一定以上の数になると……これまた某ゲームよろしく、その時点で『ゲームオーバー』。

周囲のシャボン玉全部が、爆音と共にいっせいに爆発してしまう。

そうならないように、適確な魔力操作で、同色のシャボン玉をそろえて消していき、最終的にゼロにするのが目標だ。


こうして始まった訓練だけども、これがまた結構大変。

まず、シャボン玉の魔力を正確に感知するところで苦労する。

だいたいこのくらいかな、と触ったら、見事に増えてしまった。

どうやら、相当に繊細《せんさい》に魔力を加減しないといけないらしい。

しかもシャボン玉一つ一つの魔力量はそれぞれ違う。それが、難易度をさらに押し上げていた。

つまり、右手と左手で違う量の魔力を正確に操らなければならない。左手で強く、右手では弱く、しかもそれを維持する……難しい。

エルクもザリーも、順調に（？）シャボン玉の数を増やしている。

エルクは感知はできるんだけど、魔力のコントロールがまだまだらしい。

逆にザリーは、キャリアの長さもあってそこそこ魔力をコントロールできてるんだけど、感知が難しいそうだ。

そして、普段から大雑把《おおざっぱ》なシェリーさんは両方苦戦していた。

『ネガエルフ』の種族特性として膨大な魔力を誇る彼女だが、基本力技で斬り倒すスタイルのため、繊細さとは無縁のようだ。

一応、ネガエルフの隠れ里にいた時に魔力制御の訓練は受けてたらしいけど、それでもエルクやザリー以上に苦しんでいる。

僕の場合、『魔法格闘技《マジックアーツ》』で普段から魔力を体にまとわせて使ってるから、結構自信はあった。

実際、他の三人よりも成功確率は高い。

それでも、成功の基準は相当シビアな様子。

僕で大体、二回に一回成功ってとこだ。実質ほぼ減らない。

エルクやザリーは四、五回に一回成功。増える。

シェリーさんは、十回やって一回。もー増える増える。

そんな感じなので、みんな頑張ったんだけど、シェリーさんが失敗をしてシャボン玉が分裂した瞬間、周囲に浮遊していたシャボン玉の全てが、鼓膜《こまく》が破れそうな爆音と共に破裂した。

爆風や衝撃はたいしたことなかったんだけど……これはちょっといろいろきついぞ、姉さん。

それに……さっきまでやってた『座禅』で精神が疲労してるのも、うまくいかない原因になってるっぽいな。

とにかく集中しないと成功しないのに、かなりコンディションが悪い。

もし、明日以降もこの順番で訓練が行われるとなると……なんとも骨が折れる展開になりそうだな、これからしばらく。

そんなことを考えていると、爆音で『ゲームオーバー』を悟った姉さんがこっちに歩いてくるのが見えた。


『シャボンそろえ』で疲労困憊《ひろうこんぱい》の僕らは、少しの休憩を終わらせた後、いつも通り姉さんとの組み手もこなした。

その結果、いつも以上にストレスフルな座禅もどきと新メニューがきつかったんだろう。ニルクだけでなく、それなりに長いキャリアと相応以上の基礎体力のあるザリーですら、限界を迎えそうだった。

シェリーさんは、体力的にはまだいくらか余裕がありそうだったけど、メンタルへのダメージが深刻だったと見える。

もともと細かい作業が嫌いな彼女は、座禅から続けて二連続の精神的な訓練が続いたからか、本当にもうギリギリのご様子。

さっきの組み手でいくらか回復したようだけど、今度は肉体的な疲労が溜まったらしい。

もちろん、僕もそれなりに疲れてる。

シャボン玉は最初こそゲーム感覚だったけど、上手くいかないのが続くとイライラして余裕がなくなってくるし、ぶっちゃけ飽きる。

前世でも僕、ストーリー系のＲＰＧとか、場面に変化のある＆派手なゲームが好きで、逆に、作業的で単純なゲームはあんまり好きじゃなかったし。

ノエル姉さんいわく、さらに別の訓練メニューも用意してたらしいんだけど、今日はやめておくそうだ。

これ以上無理にしごいてもいい結果が出ないだろう、っていう理由と……もう一つ、この後、人に会う予定があるらしい。しかもなぜか、僕も一緒に。

で、今はその人達に会うために、姉さんと二人で歩いてる最中。

修業では鬼軍曹のノエル姉さんだけど、それ以外……こういったオフの時は、普通に家族として接してくれる。

通りの露店を冷やかしつつ、時々立ち止まって軽食を購入。姉らしくということなのか、僕にもおごってくれた。

焼き菓子をほおばって「おいしー？」なんて聞いてくる姉さんといると、見た目のかわいさもあいまって、訓練の疲れが取れていくようだった。

よく、実際に姉がいる人は姉萌《も》えしにくいとか言われるけど……血がつながってようと、かわいいもんはかわいいいんだよなあ。

「それにしても、ウォルカやミネットに比べると……なんていうか、発展途上な町並みだね」

「あーまあ、ミナトはその二つ以外の町を知らんから、そーいう感想になるかもな。けど、別にこういうん、珍しゅうもあらへんねんで？」

トロンは最近になって急に発達したからなのか、雰囲気にムラがある印象を受ける。

昨日、商隊が到着した正面口から大通りのあたりは、ウォルカよりもちょっと静かかなってくらいだった。露店も多かったし、人もそこそこいてにぎわってた印象。

けど、今歩いてる道の周囲は……昨日通ったあの大通りよりも、廃《すた》れてるというか、発展してない、貧しい感じになってきていた。

まずしっかりした家が少なくなってきて、ホームレスのダンボールハウスみたいなのがあちこちに見られる。

中には、路上生活をしてそうなみすぼらしい身なりの人に加え、ちょっとカタギではない目付きでこっちをじろじろ見てる人もいて……。

一見して上質な生地の服を着てる姉さんと、派手さはないけど清潔感があり、見様によっては珍しく見える服装の僕。

変な目で見る人がいても、残念ながらちっともおかしくなかった。

もっとも、こういう輩《やから》がいるのはこの村に限ったことじゃないし、ウォルカだって、ちょっと裏道に入れば簡単に絡まれる。

僕が気になったのは、同じ村の中なのに、ここまで露骨に差がある点だ。

前世で言う、いわゆる『南北問題』だろうか。同じ国や地域でありながら、一部分のみが発達して残りがそれに追いつかず、経済的な格差ができるっていうやつ。

発展途上国や地域にありがちな問題で、アジアにもそういう国があったはず。

姉さんに聞くと、まさにそんな感じであるらしい。

このトロンが、豊富な天然資源を武器に、外部と商取引を行ってるってのは前に話したと思う。

しかし、何も村の全員がその恩恵にあずかれたわけではない。

それらの天然資源による利益は、一部の人間がほとんど全部独占しているそうだ。大商人とか、地主とか。あとは、その人達と仲良くしてる一部富裕層とか。

その結果、一般人の生活水準はさして変わらず、貧富の差が大幅に開いた。

しかも、逆に生活が苦しく、貧しくなった人までいるという。

「そんなわけで、うちらみたいなのは気ぃつけて歩かなあかん、ちゅーわけやな」

「なるほど。でもその割には無用心じゃないの？　姉さんは仮にも大きな商会の代表なのに、ボディーガードもつけずに普通に歩いたりしてさ」

「あんたとうちがそろってるこの状態で、わざわざ護衛なんていらんやん」

「まー、確かに」

元SランクとAランクが並んで歩いてるんだしなあ。必要ないっていうか、むしろ護衛する側だ。

僕らのほうが物騒って言われても反論できない。

そしてその物騒な道を何でわざわざ歩いてるのかっていうと、会いたい人はどうやらこのあたりにいるらしい。

しかも、別にお金がないわけではなくて、『こっちの方が安いから』って理由でこの近くに宿を取ってるっていう奇特な方だとか。っていうか、この村の人じゃないんだ？

どんな人なんだろう、って聞こうとしたその時。

「…………」

僕の強化した聴力《ちょうりょく》と、獣人である姉さんの発達した聴力が、ほぼ同時に『ある声』を捉えた。つい昨日、聞いたばかりの声を。

互いに目配せし、お互いの予想が一致していることを視線で悟る僕ら。

自然と、表情も『面倒な……』って感じのしかめっ面になる。

しかもその声、僕らが向かってる先から聞こえてくるんだけど……。

「……二度あることは三度ある、ってホントなんだね」

「せやったら、そら十割あんたのせいやな。うちはまだ会うん二回目やもん」

そんな会話を交わす僕と姉さんの視線の先には……今日も今日とて、元気にトラブルを巻き起こしているあの青年の姿。

ホントにこの男は、趣味なのかってくらいにいつ見ても騒動の渦中にいる。

しかも今日はお仲間さんも一緒だ。三倍うるさい。

して、怒鳴ってる内容に聞き耳を立ててみるに……。

「……昨日と同じじゃん」

「よっぽど奴隷ビジネスがおもろないみたいやな。ま、笑ってやれるような商売やないっちゅうんは確かやし、忌避感《きひかん》持っとる奴も多いけど」

「しかも、今回はシチュエーションが違うから、余計に、かもね」

目の前で繰り広げられてるのは、奴隷商人らしき男が、新たな『商品』を入荷しようとしている、まさにそんな光景。

その真っ最中なもんだから、昨日にも増してリュートが激しく怒鳴っている。

しかもそのシチュエーションってのが……。

おとうさん、いかないでよ。

ごめんな娘よ、お父さんはいけないことをしてしまったんだ。

あなた、お元気で……。

娘をよろしく頼む、愛する妻よ。

おとうさん、いかないで。おとうさぁん。


ああ、うん、コレはリュートじゃなくても同情を誘う。

野次馬連中によると、どうやらあの旦那《だんな》さんは、犯罪を犯して『犯罪奴隷』となるらしい。

低賃金の仕事で食いつないできたが、数日前、妻が持病を悪化させて寝込んでしまった。

当然その奥さんは寝たきりで、娘はまだ幼いために一人で家に残しておけない。旦那さんは仕事を数日休むことになった。

薬を飲んで奥さんが安静にしてる間、家で家事やら娘の世話やらをこなした旦那さん。

しかし、この世界ってのはどこまでもドライで残酷《ざんこく》だった。

まず、もともと貧しかったうえに、奥さんの治療費や薬代という予定外の出費が発生し……家の蓄《たくわ》えがなくなった。

さらに数日休んだだけの職場は、家の事情まで考慮してられないとかで、彼を解雇《かいこ》して新しい人材を雇った。まさにダブルパンチだ。

窮地に立たされた旦那さんは、明日の糧《かて》を得るために盗みを犯し、そして捕まった。

そして一日と待たずに裁《さば》きが下された。

情状酌量《じょうじょうしゃくりょう》の余地はあるが罪は罪ってことで、奴隷に身を落とすことが決まった。

今現在、彼の首に巻かれているあの首輪。

黒革に赤いラインが入っているデザインは、犯罪を犯した者がその罰として科せられる『犯罪奴隷』を示す首輪だそうだ。

一応、刑罰としては軽いほうらしい。

奴隷っていうと悲惨なイメージあるけど、鉱山労働とか鞭で百叩きとかの刑罰が普通のこの世界では、良心的なのかもしれない。

聞けば、奴隷として奴隷商人に売られると、代金の一部が見舞金として家族に与えられるんだそうだ。なので貧民層が軽犯罪を犯した場合、この罰が適用されるケースが多いらしい。

そして、犯罪奴隷には二種類ある。

酌量の余地があった者は、首輪の赤ラインが一本。

この場合、売られる先がある程度近所の町や村に限定される。一定期間経過後、本人や第三者がお金を払えば買い戻すことができるのだ。

赤いライン二本は酌量の余地なしで、買い戻せる保証もないけど。

今回のあの旦那さんはライン一本である。

で、今の状況はなんでも、売られる前に家族に最後の別れを、という良心的な理由に基づいているらしい。

しかしそれでも、当然というかこの状況の痛ましさが薄れるわけではない。

奴隷商人に食って掛かって、どうにか連れて行くのをやめさせようとしてるリュートと仲間二人。

名前は……そう、アニーとギド、だったっけか。

こないだも思ったんだけど、この二人はひたすらリュートの正義を美化しつつ、相手に罵詈雑言《ばりぞうごん》浴びせてるだけって感じするんだよなあ。

リュートの敵＝悪、みたいな感じで。さも自分達が百パーセント正しいかのように。

リュートが必死で助けようと熱弁してる傍《そば》で、野次馬の中から、こんな声が上がった。

「あーぁ、あれじゃ普通に身売りした方がいい金入っただろうに」

「……おいコラ、誰だ。今小汚ねぇ野次を飛ばした奴……？」

いきなり周囲の野次馬達に、明らかにカタギでない視線をギロリと向ける黒髪ぼさぼさの男、ギド。

しかも、殺気まで放っている。

ぐるりと見回して、「今言った奴出て来い！」と大声で怒鳴る。天下の往来で、人の迷惑も何も考えない……っていうか、頭にないんだろうな、あれって。

お得意の苛烈《かれつ》な正義感からか、今の野次が相当頭に来たらしいギドだが、そんな殺気全開で言っても、出てくるわけがないだろう。

しかしそれがまたしてもお気に召さなかったらしいギドは、なんととうとう、背中にしょっている得物――大剣に手をかけて、さらに濃密な殺気を周囲に放ち始めた。

え、ちょ、何のつもり？　何する気？

「出てこねえってんなら、全員ぶっ飛ばしてもいいんだぞコラ……こんな場面見て、助けようともしねえクズばっかりだしなあ、ここにいる全員……!!」

………もう、何て言ったらいいのかわかんないんだけど。

珍しいも奇特も通り越して、単に危ない人だぞ、コレ。

正義感や価値観を押し付けるだけならまだしも、武力行使も正当な選択肢だとか思ってるぞおい。

しかも、全然関係のないギャラリーまで加害対象にするとか、いろいろ破綻してるってコイツ。

かわいそうに思いつつも理由があって、手が出せない人がいる可能性にまで、頭が回らないんだろうか？

そんなギドにストップをかけたのは、意外にも、連行されそうになっていた旦那さんその人だった。

気持ちは嬉しいけど、他人に迷惑をかけたくありません、とか何とか言って。人間が出来てるなあ、この人。

「けどよオッサン、それでいいのかよ!?　泣き寝入りする必要なんかねえんだぞ！　あんたは何も悪くねえんだからよ！」

いや、一応悪いよ？　理由はどうあれ、盗みやらかしてるんだから。

「そうよ、自分でどうにかできない問題なら、遠慮なく周りの力を借りていいのよ！　あなたはもちろん、私達は今、何も間違ったことなんてしてないんだもの！」

いや、間違ってるよ？　野次が飛んできたくらいで周り全員を痛めつけようとか言い出してる時点で、完全にやりすぎだからね？

「やれやれ……かわいそやなあ、あんな風に目の仇《かたき》にされてもーて。あそこ、一応奴隷商の中やったら良心的やのに」

「？　姉さん知ってんの？」

あの、犯罪奴隷の旦那さんを買い取る予定らしい奴隷商人を？

大商会の主なだけあって、顔が広いのかな、やっぱり。

「ああ。まあ、知っとるっちゅーか、提携しとるねん、あそことは。うちの商会は奴隷は扱っとらんけど、奴隷ってとどのつまり、普通の日雇いなんかより安上がりな労働力やさかいな。人手が必要な時とか、奴隷を何人か見繕ってもろて、借りたり買ったり」

「へー。給料とか払うの？　なんか奴隷って、タダ働き的なイメージがあるけど」

「奴隷に賃金を渡すかどうかは、基本的に完全に雇い主次第や。払わんでも問題あらへんし、やる気を出させるための材料として、出しとるとこもある。うちは後者や」

「なるほどね……となると、その提携先の人に何かあると姉さん的にも困るか。なら、危なくなったら止めに入る？　めんどくさいけど」

あの三人……とくにギドは、ちょっとのきっかけで奴隷商人に襲い掛かりそうなんだけど。割とマジで。

姉さんもそれはうすうす感じてたらしいけど、意外にも返ってきた答えは「必要あらへんよ」というもの。

その理由を聞くより先に……事態が動いた。

その、旦那さんと商人のほうから、こんな会話が聞こえてきたのである。

「行きましょう。最後に妻や娘に会えて、心も決まりました。それと、確認させていただきたいんですが……」

「薬の件か？　わかった、まだ完治しきっていない奥さんには、こっちで続けて飲む分の薬を手配して届けてやろう。治らない病気じゃないから、悲観しなくていい」

「ありがとうございます……これで安心して、罪を償うことができます」

「ただし、その薬の代金と手間賃は、お前の身柄を売却した金額から引かれるからな」

その途端ギドの体から、さっきより三割増しくらいの殺気が立ち上り、近くにいた野次馬達を萎縮《いしゅく》させた。

あ、やばいぞコレは。

「……おい、おっさん？　今何つった……？」

「え？　い、や、私は……」

「薬代を、その父ちゃんの身売り金から引くだ？　てめぇ、この期に及んで、身売りなんて結果になっちまったその人から、まだ金をむしり取る気なのかよ……？　やっぱりこりゃ、ほっとくわけにはいかねえなぁ……！」

　奴隷として家族と離れ離れになるという悲惨な状況の上に、さらに見舞金から天引きされて家族に渡る金額を減らす結果になったことに、完全にブチ切れたっぽいギド。

　……いや、確かに手取りは減るけど、それって薬を買うのと等価交換なんだから、どこにも怒る要素がない。

　しかもわざわざ薬を届けてくれるんだから、むしろ姉さんが言ってた通りすごい良心的だろ。

　それに気付いてても、リュート理論で『貧しい家族から金を取るなんて許せねえ！』って展開になるかもしれないか。

　商人に向けられる眼光は、もうすでに殺《ヤ》る気満々。

　もはや交渉の余地なしとばかりに、手は再び大剣にかけられ、数秒後にはそれが振るわれる展開になるであろうことは、誰の目にも明らかだった。

　いや、これはホントにやばいから止めたほうがいい、と思うんだけど……この状況下でもなぜかしれっとしてる姉さんの心の中が読めない。

　お仲間のアニー（『当然』とか言いたげな顔）とリュートは止める気配がないし、しかたないから僕が……と思ったその時。

一歩前に進み出ようとしたギドと奴隷商人の間に、ゆらり、と背の高い影が割り込んできた。

「はーいはいはい、そのへんにしときな。女子供のいる目の前で刃傷沙汰《にんじょうざた》なんざ起こすもんじゃねーぞ」

「……何だてめえ、関係ねー奴が割り込んでくんじゃねえよ」

「いや、かんけーあんのよこれが。この人殺されると、おじさん困っちゃうから」

緊張感のない飄々とした口調でギドに返すのは……今言ったが、いきなり割り込んできた男。

つか、ホントに背が高い。

パッと見で……二メートルくらいは確実にあるんじゃなかろうか？

筋骨隆々ってほどじゃないけど、どっちかと言えばがっしりした体つき。形がわかる程度に引き締まっていて、背が高いのにひょろい印象を受けない。

髪は水色。リュートよりも薄い青で、白髪に青みがさしてる、って言ったほうがいいかもしれない。髪型は……天然パーマだ。

杖だか棍だか判別がつかないが、二メートル近くありそうな長い棒を背負っている。銀色に輝く棒は細身なのに重厚で、どこか神秘的な雰囲気だった。先端に、半透明の水晶みたいな宝石がついてるし。

とにかく印象的なその男は、整った顔立ちだけど、なんだかだるそうで、やる気のなさそうな雰囲気と目をしていた。

正反対の空気をまとって相対しているギドは、突然の乱入者にひるんだりすることはなく、苛立ちを目に見えて増加させていた。

「てめえ、そこの奴隷商人の用心棒か何かか？」

「当たらずとも遠からず、って奴だな。申し遅れました。どーも、こーいうもんです」

どこまでも動じないテンションで何をするかと思えば……懐から取り出したそれは、なんと名刺。

強化した視力でそれを覗き込んでみると。

──傭兵団『パシレイア』総帥《そうすい》　ブルース・クーザント。

この状況下、この殺気バリバリの相手によくやるもんだな、コレ。

一瞬あっけに取られた様子でその名刺を見ていたギドだけど、すぐに我に返った……どころか怒りが何倍にもなったようで、名刺をびりっと破り捨てた。

「……あーまあ、悲しきかな予想通りの反応だな。ホントならこの後、『ご入用《いりよう》の際にはよろしく』とか続けるつもりだったんだが」

「くだらねえこと言ってねえで、さっさとどけよおっさん。後ろの奴と一緒に斬るぞ」

「いや、だから無理だってての。俺は傭兵で、こっちの人の護衛が任務なんだって」

「そうかよ。けっ、金に目がくらんだ薄ぎたねえまねしやがって……そんなに死にたきゃお望みどおりに……」

「あーちょっと待った兄貴。そこの若いのも」

するとまた唐突に、ギドのセリフをさえぎってそんな声が聞こえたかと思うと、奴隷商人の後ろから、また新たに二つの人影が現れた。

一人は、色黒の肌でガタイのいい男の人。ソフトモヒカンでダンディな男前。体が大きく、傭兵のブルースさんほどじゃないけど、一八〇センチはあるな。

半そでのシャツに、丈夫そうなズボン。革製と思しき、やたらポケットの多いベストを着ていて……なんか、かなりアウトドア向けの服装。山とか歩いてそう。

野太い声を割り込ませてきたのは、どうやらこの人らしい。

その男の人の顔を見た途端、リュートが「あっ！」って声を上げてたけど……知り合いなんだろうか？

そして、一緒に出てきたもう一人はというと……あれ!?

「ウィル兄さん!?　何でここに？」

「！　おや、その声は……ミナトに、ノエル姉さん。何だ、もう到着なさってたんですか？」

そこにいたのは、つい一ヶ月前にも見た、イケメンのメガネ男子。

僕の兄であり、生物学者……ウィリアム・キッツ。通称ウィル兄さん、その人だった。

『花の谷』で出会って以来の再会になった兄さんは、僕らを見つけると驚いたような表情で、妙な返事してきた。

兄さん、今『もう』って言った？　それってどういう意味？

まるで、僕達がここに来ることを知ってたみたいな……あ、もしかして、ノエル姉さんが会いに来た人って……。

と、思ったその時、またしても予想外の展開が。

出てきたばっかりの色黒のダンディが口を開く。

「んあ？　ウィルお前今何つった？　ひょっとしてこいつがそうか？」

「ええ、そうですよ、兄さん達。そこにいる彼がそうです」

……兄さん？　達？

水色天パののっぽさんも加わる。

「お、マジだ。久しぶりだなノエル。相変わらず年齢を感じねえ卑怯《ひきょう》な美貌《びぼう》じゃねーの、いくつだっけお前？　んで、そいつがそーなのか？」

やれやれという感じで苦笑するノエル姉さん。

「……相変わらずデリカシーゼロやな、ブルース兄。ダンテも、ウィルも」

「いやいやいや、俺ら関係ねーっしょ、姉貴」

色黒の人がそう言ったところで、思わず僕は口を挟んだ。

「……えっと、あの……そろそろ説明してくんない？」


この数分後である。僕が、きっちりとした説明を受けたのは。

十一男（末弟）、人間にして夢魔族《サキュバス》、ミナト・キャドリーユ。

十男、人間族、ウィリアム・キッツ。通称ウィル。

四男、ドワーフ族、ダンテ・アンキラス。

四女、狐型獣人族、ノエル・コ・マルラス。

そして次男、エクシア族、ブルース・クーザント。

キャドリーユ家十一男十五女、二十六人兄弟のうち、実に五人が一堂に会したという、姉さんの遅すぎる説明だった。

第六話　訓練その三と魔力の性質

「と、いうわけで、今日の午後からは、この三人にも講師として訓練を見てもらうさかいな」

ってな感じで、ノエル姉さんは僕の兄さん達三人を紹介した。突如として増えた教官（しかも全然知らない人）に、エルク達はあぜんとしていた。

僕もついさっき会ったばかりの、っていうか知り合ったばかりの、新たな兄上達。

ちなみにあの場にいたリュート達は、姉さんの「ほな行くで」の一言で僕らがその場を去ろうとしたら、当然のごとく呼び止めてきた。

でも、姉さんがリュートに何事かぼそぼそと耳打ちすると、驚愕や苛立ち、悔しさなど様々な感情を器用にも一度に顔に浮かべ、意外にも素直だった。

さっきまで助けようとしてた旦那さんを悔しげに見つめた後、思いを振り切るように固く目をつぶって、足早に歩き去った。

一体姉さん、何を言ったんだろうか？　あとで聞こう。

さて……話が脱線しちゃったけど、ともかくそこで僕は新たな兄上達に会った。

まず、かなり背が高いせいで一番目立つ、水色天パのブルース兄さん。

職業、傭兵団の頭目。

身長二〇九センチ（さっき本人から聞いた）でありながら、だらけ気味っていうか、やる気なさげな雰囲気を漂わせているせいで、パッと見『ウドの大木』に見えてしまう。

顔は悪くないんだけど、目が途轍もなく眠そうなのがもったいないかも。

そして、見た目だけでなく中身もかなり面倒くさがりっていうか、いいかげんだっていうことを、僕は移動し始めて数分間で知った。

興味ないことにはなるべく関わりたくない、相手にしたくない……っていうスタンスらしい。一応、姉さんからの頼みだから、僕らの訓練にはきちんと協力してくれるらしいけど。

そしてブルース兄さんは人間じゃなく、『エクシア族』とかいう亜人種族らしいんだけど、詳しいことは聞いてない。

続いて、色黒ガッチリ系ダンディの、ダンテ兄さん。職業、医者。

身長一八〇センチオーバーと、ブルース兄さんほどではないものの長身で、逆に腕なんかの筋肉はよりたくましい。一見してかなりの腕力があるんだろうと見て取れる。

その上、ソフトモヒカンの髪型と髭面《ひげづら》のダンディフェイスがワイルドさを際立てていた。

こちらも人間じゃなく、亜人である『ドワーフ族』らしい。

前世のゲームとかだと、ドワーフって背が低くて、鍛冶が得意な器用な種族だったけど、この世界ではまた違うんだろうか。背、高いし。

ミネットで出会った、長老のような存在のドワーフのおばあさんは、小さかったけどなあ。

そして最後はウィル兄さん。

こっちはまあ、服装まで含めて花の町ミネットで会った時のまんまなので省略。

そんな三人を教官に迎え、僕、エルク、シェリーさん、ザリーの訓練は、また新たな段階に入ることになるのだった。

「さて、午前中は休憩にするさかい、ゆっくり休みや。午後からは、うちら四人があんたらに一人ずつついて、稽古をつける。内容は……魔力のコントロールや」


魔力のコントロール。

母さんと暮らしていたころにもがっつり訓練させられた、魔法修業の基礎中の基礎。

どのくらいコントロールの錬度を上げてるかによって、術者の実力は桁《けた》が二つも三つも違ってくる重要事項だ。何せ、属性ごとの魔力をきっちり制御できないと、魔法なんて成立しないんだから。

例えば、魔力のコントロールが未熟だと、炎の魔法に熱がこもらない。

言い換えると、熱が足りないから火が起きない。もしくは威力が出ない。

水の魔法なら水が出ないし、風の魔法なら、思い通りの強さ・向きの風が起こらない……なんて感じでグダグダになる。

もっとも、僕らは全員すでにそのレベルのコントロール訓練は、ずっと前に終えている。

何せ、魔法を志《こころざ》すものなら最初に学ぶこと。

ちゃんとした師匠がいなかったエルクですら、お母さんにきっちり訓練させられていたのだ。

そういうわけで、僕らが今回勉強するのは、そんな単純なものではなく、より深い部分まで、繊細かつ正確にコントロールする技術だそうだ。

そしてそれぞれの担当は、僕、エルク、ザリー、シェリーさんの得意な属性に合わせて割り当てられた。

「……で、何で僕らは練習しないで、みんなの練習を見学して回ってんの、ブルース兄さん？」

「まーまー、急ぐな、えーと……」

「ミナト」

「そうそう、ミナト。何、そんなに急がなくてもいいじゃねーの。まずはホラ、周りの連中を冷やかしつつ落ち着いてから訓練に当たれば、効率も上がるかもだし」

「ふーん……？」

他三組はすぐに取り掛かっていたのに、僕の担当になったブルース兄さんは、なぜか僕を連れ回し始めたので、早くもちょっと戸惑ってんだけども。

そんなわけで僕らがまずやって来たのは、一組目、エルク＆ウィル兄さんの、『風』属性の修業だ。

内容は、その名も……『超長距離キャッチボール』。

もっとも、この世界には野球なんてスポーツはないから、使われるのは子供が遊びで使うようなおもちゃのボールだし、グローブなんてもんもないけど。

しかしこの訓練、無論、問題なのはそんなところじゃない。

メニューの名前にもきっちりついている、『距離』である。

「ちょっ……ウィリアムさん!?　いや、いくらなんでも無理でしょこれっ!?」

「無理じゃなくするための訓練ですよ、エルクさん。大丈夫、幸い時間ならありますから、急がず焦らず、少しずつ慣れていきましょう」

そんな会話を交わす慌てたエルクと、実は風属性が得意だというウィル兄さん。

その二人の間は、確かに、キャッチボールでは考えられないほど開いていた。

具体的には……野球場の、ホームからバックスクリーンくらい。

相当な強肩《きょうけん》な選手でも、思いっきり投げて届くかどうかって距離だ。

ウィル兄さんいわく、「まず手始めですから、このくらいの距離から始めましょう」ということらしい。

あぜんとしたエルクを気にかけることなく、淡々とウィル兄さんは続ける。

「さてエルクさん、この訓練に萎縮していらっしゃるご様子ですが……そこまで身構えることはありませんよ。今言ったように、最終的にはこれ以上の距離を、無理なく投げられるようになりますから」

「いや、私正直、身体強化魔法を使っても、この距離がギリギリだと思うんですけど……」

「はい、その認識がすでに間違っています」

「え？」

エルクの頭の上に、『？』マークが浮かぶ。

「エルクさんは、『風』という魔力の特性を、どの程度把握していますか？」

「えっと……確か、移動とか、武器の切断能力の強化に役立つ属性だ、ってことくらいなら。あとは換気とか、日常生活に役立つ面もあるって習いました」

と、エルク。おそらく、お母さんに教えられたのだろう。

エルクの言うとおり、『風』の魔力は、移動補助や斬撃攻撃の強化……すなわち『速さ』や『切れ味』に関係してくる。

僕がよくやるのは、足に『風』の魔力をこめて走る速さを上げたり、その負担を軽減したり。攻撃なら、風の刃で切断系の攻撃を強化したりする。あとは、暴風をぶつけて相手を思いっきりふっ飛ばしたりもするな。

エルクも、ダガーに風の刃をまとわせて切れ味を飛躍的に上げる技能を、最近ではきっちり使いこなせるようになっている。

エルクの答えを聞いたウィル兄さんは、くいっとメガネを上げた。

「はい、正解です。補足させていただくなら、それらは『風』の魔力の基本的な能力である『空気の流れの操作』によるものなのです。この訓練は、その操作をより強力かつ繊細、正確に行うためのものです」

「『空気の流れ』……ですか？」

「そうです。たとえば、普通にボールを投げた場合……」

ウィル兄さんはおもむろに、軽くボールを前方に投げる。

本当に『軽く』だったので、少し山なりに飛ぶと、すぐに推進《すいしん》力を失って地面に落ちた。十メートルも飛んでいない。

「このようにすぐに失速して、落ちてしまいます。これは重力もそうですが、ボールにかかる『空気抵抗』によって速度が低下してしまうことによるものです。わかりますか？」

言いながらウィル兄さんはすたすたと歩き、ボールを拾い、元の位置に戻る。

「まあ……一応」

「よろしい。そこで、『風』の魔力の出番です。このボールに魔力をこめて、ボールの邪魔にならないよう空気の流れを操作して投げると……」

ウィル兄さんはさっきと同じように、今度はやや緑色に光るボールを軽く投げた。

すると今度は……ボールはヒュンと風を切って、失速も落下もすることなく飛び、エルクが立っている位置まで届いてしまった。

驚いて反応できないエルクは、そのボールをキャッチしなかった。

彼女の一メートルほど横を通過したボールは、数十メートル後方の木の幹《みき》に当たった。

「………え？」

「とまあ、このように。ちなみに今のボールは、やろうと思えばキャッチできましたよ？　別に『速く』も『強く』もなかったでしょう？　さっきと同じ力で投げたボールが、落ちなかっただけの話ですからね」

なるほど。

確かに飛距離はすごかったけど、速度自体はそこまで速くもなかったし、当たった木も傷ついたりしていない。

しかも、操作した空気で下方向からボールを押し上げながら飛ばせば、重力をある程度中和することだってできるわけだ。こりゃ確かにすごい。

この技術でキャッチボールをする……いや、『できるようになる』ってのが、エルクの修業か。

「より強力かつ繊細で正確なコントロールが可能になれば、当然あなたが今使っている技も強化されますし……新たな技も使用可能になるでしょう」

そう言って、ウィル兄さんは今一度、メガネをくいっと上げた。

続いて二組目、ザリーとダンテ兄さん。

「えっと……あれは何やってんの？　砂遊び？」

「俺にもそう見える……が、多分違うと思うぞ？　知らんけど」

ザリーとダンテ兄さんの訓練現場に行った僕らが目にしたのは……何と言うか、不思議な光景。

そこには、ザリーに見せつけるように、お手玉かジャグリングのような芸をするダンテ兄さんの姿があった。

それだけなら『マッチョなのに器用だなあ』と思うだけなんだけど……その芸に、決定的におかしなところが一つ。

何が変って、この人……砂でお手玉をしているのだ。

それも水で固めたとかじゃなく、手ですくえば指の隙間から零れ落ちるような、さらさらの砂で。

どういうわけか、ダンテ兄さんが足元の砂地から砂をつかみ取ると、まるでアメーバか何かみたいに、ゲル状に固まる。

ビジュアルとしては、磁石で大量のクリップや釘を吸い寄せて持ち上げた、って感じに近い。

ダンテ兄さんは、そんな砂の塊《かたまり》をいくつも作り出し、お手玉にしているのだ。

ダンテ兄さんいわく、この芸当は、『土』属性の魔力の特性の一つ、『塊状《かいじょう》物質の制御』の訓練。

簡単に言うと『土』の魔力で、砂や土といった小さい粒を操って武器にしたり、その他いろいろな役に立てるというもの。

普通なら、砂なんてもんはいくら強く握ったところで、手を離せばさらさら崩れるだけ。

しかし『土』の魔力でコントロールすると、崩れ落ちるはずの砂が固まる。

しかも石みたいにがっちり固まったり、粘土《ねんど》みたいに柔らかくしたり、アメーバみたいに崩れそうなのに崩れなくしたりと、かなり自由自在。

さらにダンテ兄さんは、そんな感じで作ったアメーバ状の砂で、その辺に落ちているこぶし大の石を拾ったり、触手のようにして僕の頭をぺしぺしと叩いたりと、様々なびっくりパフォーマンスを見せてくれた。

「とまあこんな風にだな、ザリー少年。この修業の目的は、砂や土や泥《どろ》を、自分の体の一部、手足や感覚器官の延長として扱えるようになることだ。慣れればこうやって、砂を介してでも細かい作業もできるし……」

ダンテ兄さんは、砂で割《わ》り箸《ばし》ぐらいの大きさの枝を拾って、キャンプファイヤーみたいな組み木を器用に組み立てる。

「こんなこともできる。あ、ちなみにコレ、腕力は関係ねーぞ？」

さらに砂で作った紐《ひも》で、直径が僕の身長くらいある大岩を持ち上げて、そのまま頭上で振り回してみせた。

大岩をつないでいる砂の紐は、さながら鎖《くさり》のごとし。頑丈さで言えば鉄以上だろう。

何せ、太さ数センチにも満たない紐で、数トンはあろう大岩を操るんだから。

岩の重さは、地面に下ろしたときに起こった、特大の地響きからもわかる。

「他にも、撒き散らした砂を使って周囲の状況を感知できるようになるし、他の技の威力も底上げできるからな。やる気出せよ、チャラ男！」

「飽《あ》～き～た～！　私こういう細かいの嫌い～！」

「わがまま言わんとさっさとやりや。強ぉなりたかったら、大雑把だけやったらあかん」

「うぅ……ノエルさんと一緒だって言うから、思う存分戦《ヤ》れるかと思ったのに……」

三組目、ノエル姉さんとシェリーさんの訓練場所に行ってみると、いきなりそんな不満げかつ悲痛な叫びが出迎えてくれた。

そしてそこでシェリーさんは、やっぱり傍目にはよくわからない訓練をさせられていた。

彼女が手にしてるのは抜き身の剣。『ソレイユタイガー』の牙《きば》から作られた、彼女愛用の燃える魔剣だ。

それを横にして持ち、姉さんが用意したと思われる赤いロウソクを一本載せていた。多分、ただのロウソクじゃない、マジックアイテムだ。

次の瞬間。

――ボウン!!

そのロウソクが突如爆発して粉々になった。

「……剣の熱でロウソクを爆発させる訓練？」

「だったら楽だったんだけどさ～、逆なのよ、逆」

シェリーさんいわく、剣に伝える『火』の魔力を繊細にコントロールする訓練で、赤ロウソクはそのためのマジックアイテムだという。何でも、『火』の魔力による熱に反応して少しずつ溶けていくとか。

魔法で炎を灯《とも》すと、風が吹いてもなかなか消えない明かりや火種として有用なロウソクを、姉さんが改造した特別製だ。火の魔力によって溶ける性質はそのまんまらしいんだけど、その条件である魔力量が、かなりシビアになっている。

そして、多すぎる魔力が流れ込むと、爆発して木《こ》っ端《ぱ》微塵《みじん》になるらしい。

そんな特徴の、三十分ほどで溶けるロウソクを愛用の剣の上でゆっくり溶かしていくのが、シェリーさんの訓練。

スタートから三十分間、ちょうどいい量の『火』の魔力をずっと刀身に流し続けなければいけないのだ。

魔力が少ないとロウソクは溶けないし、多すぎれば爆発するため、少しでも集中が途切れると失敗となる。

さらに、バランスを崩してロウソクを剣から落としても失敗。

地味、細かい、じれったい、とまあ……シェリーさんが嫌いな要素がわんさかつまった内容なので、開始間もないと思われるにもかかわらず、すでにシェリーさんは不満たらたらだった。

ノエル姉さんが講師ってことで、模擬戦闘を期待してた分、落胆が大きいみたい。

なるほど、こりゃ、シェリーさんが一番苦労しそうだな。肉体はともかく、精神的に。

☆☆☆

「さて、それぞれの訓練を冷やかしてきたわけだが……どうだったミナト？」

「どう、って？」

「できそうか？　あの修業、三つとも」

歩きながら、ブルース兄さんが唐突にそんなことを聞いてきた。

ああ、そういう意味か。そう聞かれると……。

「どーかな……種類や条件によるかも」

「おぅ？　具体的には？」

「一番楽にできそうなのは、ロウソクだと思う。一応僕の武器は手甲《てっこう》と脚甲《きゃっこう》だから、それに載せる形でよければ。エルクのキャッチボールは、簡単な魔力付与だし多分できる。でも、ザリーの砂は……ちょっと無理かも。感応系の魔法、苦手だから」

「あー、そういやノエルがそんなこと言ってたかもな。けどまあ、なるほど。そのくらいのレベルか……」

僕の返答を聞くと、ブルース兄さんは視線を宙にさまよわせ、あごに手を当ててしばらく考える。

「さすが、お袋が直々に鍛えたってだけのことはあるか……ん。なら、ちょっと一足飛びに高いレベルの訓練から始めてもよさそうだな」

「あ、もしかしてそれを見極めるために見学させてたの？」

「まーな」

そのまましばらく歩くうちに、僕と兄さんは、森の中の少し開けた場所に出た。

すると兄さんは持っていたカバンから、何やらいろいろな道具を引っ張り出して並べ始める。

そして僕に、草地に座るように言うと、自分自身も腰を下ろした。

「さて、じゃ、始めるかミナト。『闇』の魔力の訓練、『聖水いじり』だ」


突然ながら、この世界には『聖水』というものが存在する。

前世のＲＰＧでもよくあった、魔法系の便利アイテムの一種だ。

どんなもんかっていうと、その効能は様々。

聖なる力で、一定時間魔物を寄せ付けなくなるとか、聖なる力が病魔を弱らせて、普通の薬が効かない病を治せるとか、聖なる力で、邪悪な呪いを打ち消すとか、聖なる力で、アンデッドなんかの魔物を倒すとか……。

「……なんかやたら『聖なる力』ってとこを強調するね、ブルース兄さん」

「いや、俺じゃなくてこの取扱説明書が強調してんだよ。まあ……教会が、って言ったほうがいいかもな」

「取説あんの？　随分親切……っていうか、教会ってなに？」

「言葉通りだよ。あの、屋根の上に十字架《じゅうじか》が載っかってる建物……っていうか、あそこを職場にしてる連中の組織の総称な」

「……まとも系？　ドロドロ系？」

「お、いきなりそこを気にかけるとは鋭いじゃないの。ま、人によって半々だな。現場にいる奴には、正真正銘献身的《けんしんてき》な奴もいるんだが……『上』のほうが一部な」

僕の指摘が意外だったのか、にやりと笑いながらそんなことを言うブルース兄さん。

その手には、なんだかムダに豪華な装飾のついたガラスのビンが握られている。

中に入っているのは、ただの水に見える透明な液体。

ただその水からは、ビン越しに澄んだ魔力が伝わってくる。

「ま、何を隠そうコレが聖水なわけだが、こいつを作って売ってんのが教会ってわけよ」

聞けば、聖水を作れるのは限られた人間だけらしい。

教会にいる、神様の祝福を受けた『聖女』だけがその力を持っており、教会が作られた聖水を販売している。

その効能は本物で、下手な薬よりもよく効くため、病に苦しむ者、魔物の危険にさらされている者などがこぞって求める奇跡の水だという。

ただしこの聖水、望めば誰でも手に入れられるわけではない。

『作れる人間が少ない』ので、『出回る品数も少ない』。当然のごとく希少価値が発生しており、それに見合った大層な値段がついている。

どのくらいの値段かっていうと……一般市民じゃ、まず買えないレベル。

何年もコツコツコツコツ真面目にストイックに蓄財《ちくざい》してようやく手が届くかどうかだ。

当然のごとく、買える人なんて貴族や名家に限られるんだけど、教会は「神に祝福を受けた聖女にしか作れないってんだからしかたない」ということで、庶民の批判をかわしているわけだ。

ホントは自分達だって、皆を救いたいんですよ、と。

「まあ、それ普通に嘘なんだけどな」

「あ、やっぱり？」

ブルース兄さん、あっさり否定。

「神様に選ばれて、その上教会に所属する聖女じゃないと作れないなんてこと、あるわけねーじゃん。ちゃんと仕組みってもんがあんのよ、この便利水には」

そう軽口を叩くブルース兄さんの話だと、この聖水の正体は光の魔力によって作られたもので、別に教会や神様とは何も関係ないマジックアイテムらしい。

作り方はいたって簡単というか、シンプル。

ただの水に『光』の魔力を注ぎ込んで定着させる。それだけ。

それにより、その水は『光』の魔力を宿した水……『聖水』になり、前に述べたような効果を得ることができる。

ただ、言うのは簡単でもやるのは難しい。

物体に魔力を溶け込ませるっていうのは、それだけでもかなり繊細な魔力コントロールが要求される。そして、溶け込ませる魔力の量が多いほど、難易度が高くなる。

教会が売ってる聖水のレベルだと、ただ『光』の魔力が使えるだけの人間じゃあ、一生かけても到達できないレベルの繊細さが必要らしい。

確かな才能が必要だから、とんでもないレアアイテムだ、って点は本当なのだ。

魔力が多すぎたり、魔力が暴走したりすると、物質は魔力を取り込みきれずに反発し、最悪壊れたりしてしまう。

その、物体に魔力を溶け込ませる技を、ブルース兄さんは、自分の得意な『氷』属性の魔力で実演してくれた。

目の前で兄さんは、小さな桶を二つ並べ、その両方に水を注いでいく。

「それも聖水?」

「いや、ただの水。まあ見てろ、まず魔法で水を凍《こお》らせる」

言いながら、片方の桶の上に手をかざす兄さん。

その手から、おそらくは『氷』の魔力であろう、水色の光が漏れ出てきて……同時に冷気が放たれる。真冬の空気みたいで、凍えるように冷たい。

当然ながら、たった数秒で、その桶の中の水は凍ってしまった。

「じゃ、次に……『魔力』で水を凍らせるとどうなるか、だ」

兄さんは同じように、もう片方の桶に手を向ける。

すると今度は、手から漏れ出た魔力が、冷気を放つこともなく水の中にふわりと注ぎ込まれていき……数秒と待たずに水が凍った。

兄さんは桶を二つともひっくり返し、二つの氷を取り出した。

片方は『魔法』で、もう片方は『魔力』で凍らせたものだ。

『魔力』で凍らせた氷からは魔力を感じるけど、それ以外に違いはないように見える。

そして兄さんは何も言わずに、その二つを手に持って……ぶつけた。

ガシャン、と音を立てて衝突した二つの氷。

「……！」

「……『何が違うんだ？』って思ってたろ？　見ての通りだ」

『魔法』で凍らせたほうは粉々に砕けたけど、『魔力』で凍らせたほうは、なんと傷一つついていない状態でそこにあった。

「人の体と同じだ。『魔力』を注ぎ込んだ物体は、通常よりも遥かに頑丈になる。それも、いろんな意味で。この氷、結構な魔力を注いであるから、下手な金属より硬いし、このまま放置してもしばらく溶けねーのよ。試してみるか？」

「いいの？　じゃ、遠慮なく」

　がしゃん。

「わ、ホントだ、鉄より硬いや」

「……ゲンコツで砕いといて言うセリフか？」

　？　ホントに硬かったよ？

　なんだか疲れた表情でため息をついている兄さん。なぜだろう？

「……まあ、考えてみりゃ俺の弟なんだからそんくらいはできるか。まあそれよりも、見ての通り物体に魔力を注ぐと、今みたいな愉快《ゆかい》なことになるわけよ」

「なるほど。じゃもしかして、水に『火』の魔力を注いだりすると、冷めないお湯になるの？」

「察しがいいな、その通りだ。そんな風に、魔力の性質にあった変化が起こる。ただし魔力と物質の相性によっては、そもそも溶けないものもあるから注意だな。例えば、水には『土』とか『風』の魔力は溶けない。霧散する」

「じゃ、水に『水』は？　『雷』とかは？」

「水に『水』は、水量が増える。サバイバルの時とかに便利だ。『雷』は、一応溶けるんだが、溶けるっつーか何つーか……常に電気を帯びた危ない水になるな」

「間違って飲んだら感電死するね、それ」

「あぶねーだろ？　作るなよ」

それでだな……と、兄さんは続ける。

「その要領で、水に『光』の魔力を溶かすと、魔力の性質がそのまま水と調和して聖水になるわけだ。魔物を寄せ付けず、呪い払いや治癒術の触媒として機能する。他のみてーに、温度や形が変わるっていうわかりやすい変化が起こらない理由は……『光』の魔力がもともと持つ、その特異な性質に由来《ゆらい》する。知ってるか？」

「うん、一応。正確には、『光』と『闇』だっけ？」

「そうだ」

魔力にはそれぞれ基本的な性質が存在する。『火』なら熱、『氷』なら冷気、って感じで。

その性質は、体に魔力をみなぎらせたり、さっきみたいに物質に魔力を溶かし込んだ時に顕著《けんちょ》に現れる。

例えば、体に『火』の魔力をみなぎらせると、周囲に熱気がほとばしったりする。

しかし全八種類の魔力のうち、『光』と『闇』には例外的に、そういったわかりやすい特徴がない。温度も上がらないし、形も変わらない。

なので、その二種類の魔力を物質に溶かすと、魔力が持つ性質をそのまま物体が宿すことになり、結果、聖水のような強力な清めのマジックアイテムが生まれるってわけだ。

「そしてな、教会が販売するレベルの聖水作りには、相当繊細な魔力コントロールが要求されるんだが……お前にやってもらうのは、その『逆』だ」

「逆?」

「そう。『光』と『闇』の魔力は、関係性としては真逆……対極の性質を持ってる。で、お前は全属性の魔力を使えるが、中でも『闇』が一番得意なんだったな?」

「うん」

首肯すると、兄さんはさっき聖水を注いだ桶を僕の目の前に置いた。

「お前がこれからやるのは……この中にこめられてる『光』の魔力を、お前の『闇』の魔力で相殺し、この水を普通の水にする、って訓練だ。やり方は簡単。『闇』の魔力をこいつの中に注ぎこむ、ってそれだけなんだが……条件がある」

「条件?」

「ああ。まあ説明するより、体験したほうが早いな。ミナト。まずお前、この聖水に『闇』の魔力を普通に注いでみ?」

言われたとおり、僕は、聖水の上に手をかざし、魔力を充填《じゅうてん》する。

『闇』属性に特徴的な、黒に近い紫色の光が現れ、僕の意思に従って、桶の聖水に注ぎ込まれた……その瞬間。

——ばしゅぅっ!!

「!?」

突然、聖水が爆発したみたいに勢いよく泡立って、煙が上がった。その勢いたるや、桶から水が一部飛び散ってしまったほど。

まるで、煮えたぎった油に水を注いだような感じ。ぶしゃぁああっ、と来た。

「とまあ、こんな風に……緻密かつ繊細に『光』の魔力が溶け込んでる聖水に、今みたいに適当かつ乱雑に『闇』の魔力を注いだ場合、反発して爆ぜる。水は飛び散るし、一部は湯気になって蒸発さえする。そこで、だ」

一拍おくブルース兄さん。

「お前への課題は、この聖水を飛び散らせず、蒸発もさせず、すなわち体積と重さを変えずに『闇』の魔力で中和して、普通の水にすることだ。当然、それには……」

「……聖女が聖水を作るのと同じぐらいに、繊細な魔力コントロールが必要になる」

「おぅ、わかってんじゃねーの」

やれやれ……また、大変な訓練だな、僕のも。

第七話　静かな夜と騒がしい夜

『座禅&神経過敏茶&船』『シャボンそろえ』『魔力コントロール各種』……。

体力を使うトレーニングは少なく、朝から晩まで神経をすり減らすタイプの訓練だったから、ホントに疲れた。

最後の『魔力コントロール』の訓練を夕暮れ時までやった後、宿に戻ったんだけど、僕ら『合同訓練』参加メンバーは、四人ともほぼダウン寸前だった。

僕とザリーは、まだどうにか余裕があった。自分のペースでコツを確認しつつ、適度に休憩をとって、ペース配分を考えながらやれたから。

エルクはちょっと……いや、かなり疲弊《ひへい》気味。

最近魔力の訓練を本格的に始めたばかりの彼女だから、長時間集中し続けることが、まだ結構きついんだろう。

エルクの『超長距離キャッチボール』は、一球一球にきっちり集中しないといけないうえに……どうやら、手が痛くなるまで投げ込んだらしい。

で、一番酷いのはシェリーさん。

彼女は戦いが好きであり、また強くなるための試合や訓練も好きである。

その反面、精神修業なんかの地味な訓練はど〜しようもなく苦手。というか無理。

これは、付き合いの長くない僕らでもわかることである。

そんな彼女にとって、今朝からの訓練は、僕らよりか数倍、数十倍苦痛だったと見える。

姉さんに肩を貸してもらって帰ってきたシェリーさんは、頭から煙を出して、気絶寸前の状態だった。

体力なら僕に次いで二番目、しかも三番目のザリーを大きく引き離しているはずなのに、エルク以上に疲弊してるその図は、何だか珍しかった。

その後、皆で夕食……の予定だったんだけど、疲労が激しいエルクと、ほぼ死に体のシェリーさんが限界そうだったので、そのまま部屋に運んだ。

ちなみに宿の部屋は、男女に分けて計二部屋取ってある。女性陣を部屋のベッドに寝かせたノエル姉さんはそのままついてるそうだ。

あと、アルバも一緒。

アルバはここ数日、修業の最中はずっと見学である。

『花の谷』で倒した『トロピカルタイラント』の芋から作った、スイートポテト的なお菓子を食べながら、止まり木に止まってこっちをじっと見てる。

これが最近の主食なのだ。もう残り三割を切ったけど。

しかも最近は、小腹が空くと勝手に森に飛んでいって獲物を獲ってくるようになった。立派になっちゃってまあ……もう飼い主がいなくても、自立できるよこいつ。

そしてザリーは、一応体力は残ってるんだけど、夜の街に繰り出せるほどじゃないらしい。

ザリーは夕食を取ったら、他の二人と同じように、すぐに寝るそうだ。

残る僕は、ザリーみたいに宿の食堂でもいいんだけど、体力だけはあるし、どこか食べに行くのもいいかも……とか考えていた、まさにそんな時だった。

ダンテ兄さんとブルース兄さんに、「飲みに行かね？」って誘われたのは。

☆☆☆

ブルース兄さんの案内で、僕とダンテ兄さんが連れてこられたのは、治安の悪いスラム街と、治安のいい中心部の中間部分くらいにある、隠れた名店っぽいＢＡＲだった。

「たまには家族水入らず、男同士で酒でも、と思って誘ったってのに……ノリ悪りーなァおい、弟達よ？　酒飲めや酒」

「いや、だからお酒は嫌いなんだって僕。ノエル姉さんから聞いてないの？」

「つか、俺はきちんと飲んでんでしょーよ、兄貴」

「んな水みてーなうっすい酒じゃなくて、もっと酒らしい酒を飲めって、常日頃《つねひごろ》から言ってんだろうがよ。ブランデーとか、ロックで飲みそうな顔してんだろうがお前？　今お前が飲んでるそーゆーのは、どっちかってーとミナトの分野だろ」

「顔って何だ顔って！　つかなんでミナトがカクテルのイメージなんだよ!?」

「カクテルって女とか、華奢《きゃしゃ》な美少年とか飲みそうじゃね？　お前みてーなガッチリ系は、金色の半透明の酒をロックであおってるイメージしか、俺の中にはない」

「うおー、いっそ清々しいくらいの偏見《へんけん》。ごめんなーミナト、変な兄ちゃんで」

「個性的で楽しいじゃない。あ、マスター、コーヒーおかわり。砂糖とミルク多めで」

なんだかバカな会話。

テキーラ的な酒をしょっぱなから飲んでるブルース兄さんは、きつい酒が好みらしいんだけど、弟二人がそろって期待はずれなものを頼むからつまんないらしい。

ダンテ兄さんは、アルコールのあんまりきつくないカクテル系の甘い酒。

んでもって僕は、思いっきりノンアルコールのコーヒー。

傭兵団の団長であるブルース兄さんは、野郎連中で集まって騒がしく飲むのが当たり前で、そういうのが楽しいのもあって傭兵をやってるらしい。

できれば今回も、そういう雰囲気で一緒に飲みたかったらしいんだけど、残念ながら今回はキャスティングが悪かった。

面白くはなさそうだけど、不快そうでもないブルース兄さんは、僕のコーヒーを持ってきてくれたマスターに、聞いたこともない酒を注文した。

横にいたダンテ兄さんが『うひー』って顔をしてたから、多分強い酒なんだろう。

そんな感じで、それなりに楽しくバカ話を続ける。

ブルース兄さんお薦《すす》めの料理もつまみながら、他愛もない世間話やら、近況報告やら。

もっとも僕の場合、近況報告っていうより、今までどんな感じで暮らしてきたかを一から説明、って感じだったけど。

当然っていうか無理もないっていうか。僕ら会うの今日が初めてだもんな。

どうやら兄さん達、母さんとはもう数十年会ってないらしいんだけど（そういやノエル姉さんも、相当久しぶりに会ったみたいなこと言ってたっけ）、ほとんど変わってないことを僕の話から感じ取って、苦笑してた。

そして、母さん直々のしごきを受けた話題になると、『よく頑張ったな』的な優しい目を向けてくれた。


「……にしても、正直俺、びっくりしたっつーか、安心したっつーか……なあ兄貴」

「ああ、わかるわかる。また兄弟が増えた、って聞いた時は驚いたよな。けどまあ、よかったよ。お袋も元気になって」

ふいに、兄さん達の口からこぼれ出た、そんな話が気になった。

「母さんが『元気になった』ってどういうこと？　僕が生まれたことがどうとかって……」

「んあ？　お前、ノエルやお袋からそのこと聞いてねーのか？」

何杯目かのテキーラ（仮）を飲み干しながら、そう聞き返してくるブルース兄さん。

はい、聞いてないです、なんにも。

母さんがどうかしたんだろうか？　屋敷で見てた限りじゃ、別に怪我や病気をしてたとか、そんな様子じゃなかったけど。

っていうか、危険度ＡＡの魔境で暮らしてる時点で、そんな不調であるわけが……いや、母さんならあそこを単なる避暑地にしかねない。

すると、ブルース兄さんは『あーなるほど……』と悟ったような表情になった。

「実はお袋は心の傷とか病気、って感じだったんだ」

「心？」

……ますますわかんなくなったぞ？

すると今度は、ダンテ兄さんが「んじゃ説明するか」と口を開く。

「その前に聞いときたいんだが、ミナト。お前は姉貴から、俺達キャドリーユの兄弟のこと、どんな風に聞いてる？」

「えーと……個性的なのが多くて、十一男十五女の二十六人兄弟だ、って」

「あー、なるほどな。まあ、間違っちゃいないんだが……正確には違うな」

「？　どういうこと？」

「……ちと湿っぽい話が混じってきちまうんだけどな？　その二十六人全員が今、生きてるわけじゃない……ってことだ」

母さんは、二百年以上前から生きる、夢魔族《サキュバス》である。

そして、最初に子供を作ったのはおよそ百五十年前。

長男……すなわち、ブルース兄さんの、さらに上の兄が生まれたんだそうだ。

そこから数年間隔で、何人も何人も子供を作っては生んでっていうことを、『恋多き種族』とされる夢魔《サキュバス》である母さんは、何十年も続けてきた。

しかし、最初の出産を終えて数十年後、その時は訪れた。

ごく自然で当たり前な、しかし悲しくつらい、別れの時が。

――そう、死別である。

前に話したと思うが、夢魔《サキュバス》と他の種族が交わった時、どちらの種族が生まれるかは性別によって決まる。

子供が男なら、百パーセント父親の種族になる。

女の子なら、夢魔《サキュバス》になるか父親の種族になるかは半々の確率だ。

そして、母さんの相手となった父親は、何十年、何百年もの長い時を、母さんと一緒に生きていける、長命な種族ばかりではなかったのである。

母さんが生んだ子供の中には、人間などの、数十年の寿命しか持たない種族もいた。

そしてその子達は――僕の兄や姉なわけだけども――母さんや、他の長命な種族の兄弟達のようには生きられなかった。

『夢魔族《サキュバス》』の母さんや『エクシア族』のブルース兄さん、『ドワーフ族』のダンテ兄さん、『獣人族』のノエル姉さんなんかは、寿命が長いから、母さんと一緒にいつまでも若々しく過ごせる。

しかし人間の兄弟は、五十〜六十年もすれば年を取り、老いるのだ。

そして最後には、人間としての寿命を迎える。

今から八十年ほど前、三男にあたる、人間の兄弟が老衰《ろうすい》で逝去《せいきょ》。

それを皮切りに、長命な種族でない兄弟が次々に寿命を迎え、母さんや兄さん達の前から去っていった。

せめてもの救いは……その全員が戦死や病死じゃなく、寿命まで生きて、家族に看取《みと》られながらの大往生《だいおうじょう》だったこと。

ただ、残された者の悲しみは当然ながら大きかった。

とくに……お腹を痛めて生んだ子供達に次々に先立たれる、母さんの悲しみは。

気丈《きじょう》に振る舞ってたらしいけど、心の中には大きな傷を抱えて、やせがまんしてたのが丸わかりだった。

その証拠に……三男が亡くなってからというもの、母さんはぱったりと子供を産まなくなったそうだ。

それまで家族が増えることが嬉しくてたまらなかった母さんなのに、当時末っ子だったウィル兄さんを最後に、家族を増やさなくなった。

おそらく……いつか来る、別れが怖いから。

その後、ゆっくりと傷が癒《い》えては、また兄弟が逝《い》き……ということが繰り返された。

そして二十年前、長命種でない子供は皆天国へ旅立ったという。

当時二十五人いた兄弟は、十九人まで減った。

そしてその頃には、兄さん達も、もう兄弟が増えることはないんだろうな、と思っていたそうだ。

……しかし、その予想は裏切られた。

十六年前、母さんが僕を『生んだ』のである。

もっとも、そのことを兄さん達が聞いたのは最近になってからのことらしい。

兄さん達は驚くと同時に、母さんが悲しみを乗り越えてようやく元気になったんだと、安心できたという。


「とまあ、そういうわけなんだよ。下から二番目のウィルと末っ子のお前とで、年齢が何十歳も離れてる理由は。あいつああ見えて、今年、えーと……」

「八十三だ、兄貴」

「そうそう。だからそのウィルよりも年下の弟が出来たってのは、俺達にとっては特別なことだったわけよ。わーったか」

「大変よくわかりました」

なんだか予想外にセンチメンタルな背景を、思いがけず聞いてしまった。

けど何と言うか、聞いてよかった気がする。

今までわからなかった、家族のこと……母さんのこともわかったし。それに、今さら母さんや兄さん達との関係が変わるわけでもない。

「……うっし、湿っぽい空気のままってのはどうもいけねえや。かわいい弟が我が家のバックグラウンドをきっちり把握したところで、場所変えて飲み直しといくか！」

このブルース兄さんの一声で、僕らは店を出た。

そして今度はダンテ兄さんが知る、スラム街近くの穴場的な飲み屋に行こうとして……。

「だからっ！　奴隷は許されないんだって何度言ったらわかるんだ！　奴隷商人なんて商売やって、恥ずかしくないのかあんた達は!?」

「…………」

そんな声が前方から聞こえてきたので、全員一致でUターン。

さすがに一日に二回はやだわ、アレに関わるのは。

☆☆☆

「おい兄ちゃんふざけんなよ、こっちはきちんと許可とって商売してんだぜ？　ケチつけるような真似しねえでくんな」

「はあ？　どこの誰がケチつけてるってのよ？　リュートは正しいことしか言ってないじゃない、おかしいのはあんた達の頭と、奴隷なんていう狂った身分制度のほうよ！」

ここは、とある奴隷商人の商隊が一時的に間借りして店を構えている建物。

集まった野次馬が見守る中、リュート達三人組と商隊の主である若い商人が、夜の街を騒がしていた。

「ムチャクチャだな……ともかく、これからお得意先に挨拶に行かなきゃならないんだ。客じゃないならさっさと帰ってくれ。さもないと、営業妨害で警備兵を呼ぶぞ」

「あぁ？　へっ、上等だ、やってみろよ……警備兵ごときが俺達を止められるならな」

周囲は口々に野次を飛ばしたが、リュートの後ろに控えていたギドが、殺気を丸出しにして背中の大剣を抜くにいたって、顔を青ざめさせる。

しかし、ギドがリュートを押しのけ、商人に詰め寄ろうとしたその時、横から誰かがさっと割り込んできて、商人をかばうように立った。

それを見て、リュートは驚きの、ギドとアニーは戸惑いの表情を見せた。

割り込んできたのは、長身で細身の女性だった。

年のころは二十歳にもならないくらいで、髪の毛は青く短め。顔はやや童顔だが整っていて、美少女と言ってよかった。

にこやかな笑みを浮かべているので、童顔が際立っているのかもしれない。

もしこの場にミナトがいれば、『美女ってよりは美少女系』とでも評しただろう。

質素だが清潔な服に身を包んでいる。しかし何よりも注目を集めたのは……その首に巻かれた奴隷の証、首輪だった。

重厚な黒革に入っているラインは、『犯罪奴隷』を示す赤ではなく、青色。

『債務奴隷』……つまり借金などの抵当として身売りされた奴隷だ。

リュートが驚いたのは、ギドを止めたのが女だったからではない。

守るべき弱者の奴隷が自分達の邪魔をし、悪人であるはずの奴隷商人をかばったことだった。

「……おい、何のマネだ、女?」

「いえ、このままですと、私どもの商隊の主がお怪我をしそうでしたので」

戸惑いながらも、まだ殺気を放つギド。

その問いにおびえる様子もなく、にこやかな表情のまま、少女はあっさりとそう返した。

「お前、奴隷みてーだが……まさかこいつに買われた護衛の奴隷か？」

「いえ？　私は『商品』です。そしてこちらは、奴隷商人ですから……私を売って利益を得るために、今現在管理していらっしゃる方ですね」

「じゃ、別にかばう理由ねえじゃねーかよ、そこをどけよ、さっさと」

「いえ、そういうわけにはいかないですねえ。怪我ですめばいいかもしれませんけど、もしこの人に死なれでもしたら、私、居場所がなくなっちゃいますから」

「？　主がいなくなったんだったら、自由になりゃいいじゃねえか」

「無理ですよぉ。主が事故などで死んだ奴隷は、主の遺言で相続か解放されない限り、その地方の行政府に召し上げられて、公共の所有物っていう扱いになっちゃうんですから。それに今の『売り場』は、結構待遇もいいですし」

淡々と事務的に、自然な笑顔のまま返す少女。

目の前にいるのは、本物の剣を持っている男だというのに、おびえる様子もない。

その態度に最初は戸惑っていたギドだが……後ろに控えているアニーともども、だんだん苛立ちつつあった。

同じようなやり取りが何度か続いた後、ギドを押しのけてアニーが前に出る。

「ちょっとあんたさあ、こっちはあんた達奴隷のためを思って言ってんのよ？　それを迷惑だって邪魔するなんて、何考えてんの？　せっかくのリュートの厚意を受け取らないつもり？」

「？　ご厚意も何も、邪魔しないと実際に困ることになるじゃないですか。しかも、双方にとって」

「は？」

「だってそうでしょう？　私は、今言った理由で居場所がなくなってしまいますし、あなた方は傷害もしくは殺人の罪で追われることになってしまいます。それはどう考えても、双方にとって損害でしかないでしょう?」

「あのねぇっ!? こういうのは損得で考えていい問題じゃないでしょ! 正しいことは誰に責められてもやらなきゃいけないし、どんな困難があっても乗り越えられるんだから! そんなこともわからないのに、リュートを否定して邪魔しようとするんだったら、許さないわよ?」

「……? あのー、気のせいでしょうか? なんか、言ってることが滅茶苦茶で無理矢理なうえに、いつの間にか私が悪者になってる気がするんですけど……」

「そこまでにして、アニー。ギドも」

今にもつかみかかりそうなアニーを、後ろからリュートが止めた。

「リュートっ! どうして!」

「……その子の言うとおりだよ、今のままじゃ、僕らもその子も困るだけだ。その子を助けるには、今はまだダメなんだよ……」

手でアニーを制したリュートは、自分達の前に立ちはだかっている少女に視線を向ける。

「……一つ、聞かせてくれないかな?」

「? 何ですか?」

「君は……現状に満足しているの? 自由のない、不当な扱いを受ける暮らしでいいと思っているのかい?」

「うーん……まあ、確かにちょっと不便ですけど、これも多分、自分の行いの結果だと思ってますから。落ち込んでてもいいことないですから、気楽にやっていきますよ」

「……そうか」

一言だけため息交じりに返すと、リュートはまだ少し不満げな二人の仲間を引き連れて、その場を去っていった。

後に残ったのは、徐々に少なくなっていく野次馬と、騒ぎの中心にいた商人。

そして、商人をかばっていた奴隷の少女だけだった。

「……やれやれ、今時奇特な考え方の人がいたもんだ。ともかく、助かったよナナちゃん。ご褒美といっちゃなんだけど、待遇の改善くらいなら……」

「あ、そうですか？　では喜んで。ああでも、他の皆さんから不満が出ない程度でお願いできます？」

「わかってるとも。いつも悪いねえ……自分の奴隷でもないのにこき使っちゃって」

「いいんですよ、その分のご褒美ももらってますし。ホントは、優しいご主人様を選んで売って欲しいな、ってわがままを言いたいですけどね」

「うーん、ナナちゃんの出品は『オークション』だから、そればっかりはなあ……」

奴隷商人とその『商品』にしては、やけに穏やかな会話が展開されていた。

「けどまあ、命拾いしたね……」

「？　商人さんがですか？」

「それも一応あるけど……彼らだよ。だって、あのままケンカになってたら……ナナちゃん、手加減しなかっただろ？　そしたら彼ら、怪我したかもしれないし」

「うーん……どうでしょう？　彼ら、結構強そうでしたよ」

「ほう、ナナちゃんが言うなら相当だね……もしかして、そのせいなのかな？　あんな風に正義感を振りかざしてるのは……」

そんなどこか不思議な会話を、もうほとんどいなくなった野次馬の何人が聞いただろうか。

観念してその場を立ち去ったように見えた、リュート達。

「彼女、多分我慢してるんだよ……奴隷っていうつらい現状の中でも、明るさを……希望を失わずに頑張ってるんだ。それでいて、周りへの気遣いも忘れない。現に、初めて会った僕らや、よく思っていないはずの奴隷商人にまで……」

「きっと彼女、同じ境遇の奴隷達のことも、励《はげ》ましてあげてるんでしょうね……」

アニーが言った。

「ああ……だからこそ、彼女のことは絶対に助けてあげたいと思うんだ」

「けど、今のままじゃダメなんだろ？　後で厄介なことになるって」

ギドは苦りきった表情だ。

「ああ、だからどうにかして……まだ考えてないけど、きちんとみんなが幸せになれるようにしてから、やろう。彼女のためにも、絶対に！」

「ええ、やりましょうリュート！　大丈夫……私達ならきっとできるわ。今までだって、諦めなければ必ずやりとげてこれたんだから！」

「もし、その前に立ちふさがるバカ共がいれば……安心しろ、俺が全部片付けてやるからよ」

「アニー、ギド……ありがとう！　僕、頑張るよ！　絶対に彼女達を解放しよう！」

ミナトが聞けば頭が痛くなるような内容を、さも当然のように話し合い、決意を新たにする三人だった。

第八話　奴隷少女ナナの処遇

ダンテ兄さん紹介の飲み屋（？）で、今度は湿っぽい話は持ち出さずに世間話とバカ話で盛り上がった僕ら。

静かな食卓もいいけど、こういうのも悪くないかな……なんて最初は思ったんだけど。

「よーし、次いくぞ次！」

「んぁ？　まだ回んのかよ兄貴、もう日付変わるぜ？」

「それが何だってーの。ほら、ミナトお前も！　次の店行くぞ、ほらほら！」

「…………」

なんか、二次会三次会に新入社員を引っ張りまわす、先輩サラリーマン的な人がいる。

もし僕が前世で死なずに、普通に大学に行って卒業して就職してたら、こんな感じの先輩が出来てたんだろうか。いや、リーマンになってたかどうかはわからんけども。


僕らは店の外に出て、飲み屋街の雑踏《ざっとう》の中を歩くことになった。

酔いつぶれてはいないものの、酒のせいでテンション高めになったブルース兄さんは、おそらく傭兵仲間と一緒に飲むとこのノリなんだろう。とにかく僕らを引っ張りまわす。

そして文句は言いつつも、何だかんだで付き合うダンテ兄さん。

「強面《こわもて》だけど、実は面倒見もいい気が利く好青年だ」って姉さんが言ってたけど、どうやらその評価は正しいみたいだ。

ちなみに……好『青年』ってとこにちょっと疑問を感じてしまったのは内緒。

ただ僕としては、何軒も何軒も飲み回るのはあんまり好きじゃないというか、そもそも飲んでないからテンション的についていけないというか……。

しかし、それ言ったら「じゃ飲め！」とか返ってきそうだしな。

別に、僕は酒強いから飲んでもいいんだけど、今はちょっと。

毎日毎日、メンタル面にクる訓練が続いてるから、コンディションには気を配っておきたい。ないとは思うけど、もし翌日になって少し気分が悪かったりしたら、その日の訓練を乗り切れなくなる可能性が高いし……。

さて、どうしたもんか……と、考える。

「ん？」

兄弟三人、面白いように声がそろったかと思うと、空を切って何かが飛んでくる音がした。

僕らは誰一人、その場をぴくりとも動かなかった。

多分、兄さん達二人もだと思うけど……『当たらない』ってわかってたから。

コンマ数秒後くらいに、やはり僕らにギリギリ当たらない角度で、三つ何かが飛んできて……カカカッ！　と乾いた音を立てて、後ろの壁に刺さった。

「……串？」

「だな。フツーに木の串だ」

そう、串。肉とか野菜を刺して焼くのに使われる串だった。

それがどこからか飛んできて、僕らの背後の壁に突き刺さってる。何ごと？

「毒が塗られてるようには……見えねーな」

「うん。てゆーかむしろ、肉や野菜の匂いがするし……これ案外、屋台の串焼きを食べた後の串なんじゃない？　殺気は感じなかったよな。一体何だ？」

「それに今、殺気は感じなかったよな。一体何だ？」


一般人が当たれば怪我をするだろう串の投擲《とうてき》攻撃にさらされつつも、緊張感もなくそんなことを話してたら、串が飛んできた方向を見ていたブルース兄さんが、何かを見つけた。

「んっ？」と兄さんが言うと、向こうからも「あら？」って、それに呼応するような声が。

若い女の子の、しかも緊張感のない声だったので、僕もダンテ兄さんもそっちに視線を向けた。

すると声の主は、人ごみを掻き分けて姿を現した。

そこにいたのは、僕と同い年か一つくらい上かな……若い女の子。

美少女と呼ぶべきだろう。美しいっていうよりは、かわいい系の、幼さの残る顔立ち。髪の毛は短めで、濃い鮮やかな青色だった。

着ている服は質素だけど、それなりに品があるようにも見えた。

しかし、一番特徴的なのはその首に巻いてある、黒革の首輪。青いラインが入っている。

確かノエル姉さんが、青は……そう、『債務奴隷』だって言ってた気がする。

それを首に巻いてることから、おそらくは奴隷と思われるその少女は、まだ数本串を持っていた。

犯人確定。

しかし不自然なのは、串を隠そうともしないどころか、敵意や殺意を感じないところだ。ただ、きょとんとしてる感じ。

さっき明らかに攻撃してきたってのに、何だろこの態度？　何でそっちが『あれ？　予想外』とか言いたげな顔になってんの？

そして驚くべきことがもう一つ。

「誰かと思ったら、バイズさんのとこのナナちゃんじゃねーの？　何、いきなり？　お兄さん達何かした？」

「そういうあなたは、傭兵団の……ブルースさん？　何であなたが？」

どうやらブルース兄さんと、知り合いみたいなんだけども。

えっと、何？　どういう状況……？

☆☆☆

「本っ当に申し訳ない!!　不運な情報の行き違いで、その……」

「あーあー、わかったから、もういいってバイズさん。気にしてねーから」

「し、しかし、よりにもよってブルース殿に攻撃してしまうとは……い、いや、一般人に攻撃してしまうよりはよかったかも……あ！　い、いやその、今のは決してブルース殿でよかったとか、そういう意味ではなく！」

「わーった、わーったって。実際その通りだし。つか、勘違いだったんだろ？」

ブルース兄さんと話すこの人はバイズさん。兄さんの傭兵団の依頼人だ。

順を追って話すと、ブルース兄さんの傭兵団は、バイズさんを王都からこのトロンまで往復で護衛するために雇われた。

そして、バイズさんは奴隷商人で、さっき串を投げてきたナナさんは……ちょっと言い方が悪いけど、バイズさんの奴隷商会の『商品』らしい。

そしてこのナナさん、見た目に反して実は結構強いとか。

どのくらい強いかっていうと、スラムで因縁をつけてきた四、五人の刃物を持ったチンピラ連中を、武器もなしに数秒で叩き伏せたそうだ。

しかも、格闘技術に優れるだけじゃなく魔法も使えるらしいと聞いた。

そりゃすごい。全然そんな風には見えないのに。

確かに女性にしては背が高く、僕と同じくらいかちょっと小さいくらいだと思うけど、体の線は細くて、特段鍛えているとは思えなかった。

「……誰かさんも似たようなもんだと思うがな」

？　兄さん、何か言った？

ともかく、そんな頼れるナナさんなので、バイズさんもしょっちゅう頼ってしまうらしい。そしてその腕っ節に関して、道中ちょっとした問題があった。

何かっていうと、トロンに来る途中の野営で酒盛りがあった。そこでブルース兄さんの部下が酔っ払い、奴隷にセクハラしたそうだ。

で、ナナさんは自分に魔の手が伸びそうになった瞬間、酔っ払った傭兵を見事に返り討ちにしてしまった。

幸い、相手は肩と肘を脱臼《だっきゅう》しただけですんだし、傭兵にも非があったってことで、その一件はどっちにもお咎《とが》めなしになった。

ただし、奴隷の身分で他者に手を上げたことは問題だ。他の奴隷達への示しがつかない。

以後同じことがないように、って釘を刺してたらしいんだけど……割とすぐに二度目が起こってしまった。そう、さっきの串の一件である。

少しさかのぼって数分前、買い物をしていたバイズさんが、何人かのスリに財布をすられてしまい、それをナナさんが追いかけた。

そのスリグループなんだけど、バイズさんにスラム街で絡んだ前出のチンピラらしく、常に凶器を持ってる危ない奴らだとのこと。

いざとなったら、逃げるために人質を取りかねない。

ナナさんはそいつらの特徴を人に尋ねながら追ってたらしいんだけど、偶然チンピラの服装が僕らによく似ていた。

おまけにそいつらは三人組で、『一人は華奢《きゃしゃ》、一人はマッチョ、一人は高身長』だった。なるほど、それで僕らと間違えた、と。

っていうかそれ、聞き込み相手の通行人がすでに間違えてた可能性が高い。

ともかくそれで、人質を取る暇がないようにひるませるべく串を投げた。昼間の一件で懲《こ》りなかったことに腹が立ったのもあるらしい。

そこで……なんだかおかしいことに気付いた。そう、またやってしまった、と。

「あーまあ、安心しなってバイズさん。今俺は機嫌がいいから。今度から気をつけてくれれば、忘れてやるぜ？　賠償請求とかもしないって」

「そ、そう言ってもらえるのはうれしいんだが……他の奴隷への示しというか、けじめの問題だ。この場合、ブルース殿に奴隷を譲るか貸し出す、ということになるんだが……」

……？　どういう意味だろ？

疑問が顔に出てたらしい僕に、横にいたダンテ兄さんが説明してくれた。

「奴隷ってのはな、普通の人間よりも階級が低いものとして扱われる。犯罪や問題行動をやらかした場合に罰則が重くなることもあるんだ」

「なるほど。でも、ブルース兄さんは気にしてないって言ってたけど……」

「ああ、だから法的には問題ない。が、今回の場合、バイズさんは奴隷商人なんで、たくさん奴隷を管理しているわけよ。そういう場合、罰がケジメとか示しとして必要になってくる。今言ってたろ？」

なるほど、つまりこういうことか。

バイズさんは奴隷商人。ナナさん以外にも、たくさんの奴隷を持っている。

厳密には、自分が所有してるってわけじゃないんだけど……そこはまあいいとしよう。

こういう場合、奴隷を平等に扱うことに気を使わなければならない。

例えば、ある奴隷がへまをやらかしたら、あらかじめ決めてある規則にのっとって、きっちり処罰する。これは当然だ。

それを怠ると、主人が奴隷に舐められることになる。ちょっとくらい問題を起こしても、処罰されないから大丈夫だ、と。

言い変えると奴隷の増長を招き、仕事の怠慢《たいまん》にもつながる。だから、きっちりしないといけない。

特定の奴隷をひいきにする、ってのもやっちゃいけない。

さっきの理由に加えて、他の奴隷の間に不満が溜まるから。

もっとも、奴隷の中に階級を設けてるなら話は別だ。

さて今回の場合、ナナさんはあきらかな失態を、短期間に繰り返してしまった。

旅の道中あった『前科』は、今までの模範的《もはんてき》な態度と功績を鑑《かんが》みて不問にしたらしいけど、今回はさすがにそうはいかないらしい。

「で、そういう場合、我々奴隷商人に限らず、複数奴隷を持ってる者の間には、ある程度お決まりのケジメの付け方というものがあるんだ」

と、いつの間にか説明に加わってくれたバイズさん。すいません、ご丁寧に。

「金で解決したり、失態を犯した奴隷本人に何らかの罰を与えたりする。今回みたいに、かなり重大な失態だと、奴隷が相手に貸し出したりされるケースが多い」

「貸し出して、その人のために働かせる、ってことですか?」

「そうだ。コレは実際のところ、相当きつい罰なんだよ。何せ奴隷は貸し出された先で、何を命令されても、そして何をされても文句は言えないからね」

「何をされても?」

「ああ。もちろん、命を奪うような度を越えた仕打ちはないが、奴隷の場合、その『度』が普通の常識とは違うからね」

「そうですね。男の奴隷なら、かなり過酷な肉体労働に加えて、手ひどい体罰とかが主ですね。そして私みたいな女奴隷の場合は……まあ、想像つくでしょ?」

ナナさんが補足してくれた。なるほど。

ほとんどの男(と、特殊な趣味の女)が、きれいな女の奴隷に求めることなんて、そりゃ一つだよなあ。

そういうわけなので、奴隷の返却時には、『品質』が劣化していることも珍しくないそうだ。

「ナナちゃんは、今回この村で売る予定の奴隷の中でも、とくに目玉の商品だからな。本当は困るんだが、さすがに何度も『お咎めなし』では示しがつかない。しかたない……」

「うーん、そうですね……私も、覚悟はしています」

目に見えて落胆《らくたん》するバイズさんと、本心はともかくあくまで明るい、というか笑顔を絶やさないナナさん。

しかもナナさん、無理してる様子がないからすごい。あくまで自然体で……これから自分に科されるであろう罰をきっちり受け止めてるんだから。

結構度胸があるというか、豪胆《ごうたん》というか……大物な気がする。

バイズさんも、商人として覚悟は決めたらしい。

ただこの場合、被害者は僕ら『三人』である。

僕とダンテ兄さんは、ブルース兄さんの知り合いではあるけど、一緒なグループじゃないからだ。

「しっかし、そう言われてもなあ……」

まず難色を示したのは、ブルース兄さん。

「まあ、魅力的な類の話ではあるんだろうが……知ってんだろ？　今回お宅の護衛で連れてきたうちのメンバー、男より女のほうが多いんだよ。野郎連中がナナちゃんにいろいろして、仲間内が気まずくなったり険悪になったりするのはちょっとな」

「？　いや、兄貴んとこの女傭兵って、そういうの割り切って気にしない主義の奴が多かったろ？」

「前途有望な新人が何人かいてな。今後に差し支える可能性がある以上、おいそれと引き取れねーよ」

「そこはほら、雑用以外命令しないようにすりゃいいじゃないの。要は『出向《しゅっこう》って形で償《つぐな》った』っていう事実がありゃいいわけだし。兄貴んとこの野郎連中には、鋼《はがね》の精神でもちこたえてもらえば」

「それだと逆に仕事がねーだろ？　俺ら、バイズさんの計《はか》らいで結構上等な宿に泊まってんだから、そこの従業員が雑事は全部やってくれんだよ。それに、武器の手入れなんかを頼むのも当然無理。他人に任せらんねーよ」

「同じ理由で、文書や会計管理も論外、か。困ったな」

「お前のほうこそどうなんだよ、ダンテ？　ナナちゃんに雑用をやってもらえれば、ウィルと一緒に研究に専念できるんじゃないの？」

　と、ブルース兄さんが聞き返す。

　しかし返事はノーだった。

「却下だな。俺らはいろいろ危険っていうか、厄介な薬品や素材を持ち歩いてる。下手に素人《しろうと》が触ると大変なことになるからな。百パーセント大きなお世話だ」

「大雑把に素材を扱ってそうな顔してんのにな」

「だから顔は関係ないだろ……って何度も言わせんな！　二回目だぞ今晩！　おいミナト、こー見えても俺はお医者さんだからな？　手術とか器用なこと得意だかんな？」

「いや、何で僕に言うの、それも必死に」

今更だけど、ダンテ兄さんってウィル兄さんと一緒に行動してたんだ？

ちなみにそのウィル兄さんは、今日中に調べたいものがあるらしく飲み会には不参加だった。勉強熱心。

「涙浮かべて言うな、きめェ。さて、必死なダンテはおいといてミナト、お前こそどうなんだよ。性格からして、手を出すとは思わねーが、ナナちゃんを雇ってやりゃいいんじゃないの？」

「いや、絶対無理だって。んなことしたら、ザリーやシェリーさんにさんざんからかわれるだろうし……エルクに何を言われるか……」

チャラ男のザリーに、ノリがよすぎるシェリーさんのことだ。んなことしたら、何言われるかわかったもんじゃない。

二人ともいろんな分野に博識《はくしき》だ。

奴隷を預かるってのがどういう意味を持つか、聞くまでもなく知ってるだろうし……シェリーさんの場合、過激な冗談なんかも飛んできそうで怖い。なんか最近、そういうの多いから。

こないだも、「ねえ、いつになったらベッドに呼んでくれるのよ？」なんてこと言われたし。みんながいる前で。

冗談でも、軽々しくそういうことを言っちゃだめだ、って何度も言ってるのに、全く。

そのうち勘違いされて襲われても……いや、返り討ちにするな、彼女なら。

はっ!?　もしかして、それにつられてもし僕が手を出したら、それをネタにして思う存分手合わ

せさせられるとか、そういうコースか⁉　罠だったのか⁉　怖っ‼

そしてエルクは、なんかこう……最近、変だ。

何というか、最近よく、白目の面積がいつもより広いジト目が飛んでくるのである。僕が他の女性と絡んでる時に集中して。

例えばシェリーさんが冗談を言ってきたり、冒険者として依頼を受ける際に女冒険者に言い寄られたりする場合。

そこまで節操《せっそう》無しになるつもりはないので、そういう時僕は、適当に理由つけて断ったりするんだけど、きっちり三割増しの威圧感でエルクの視線が飛んでくる。

果たしてそれが、『変なのに引っかかるな』っていう冒険者仲間としての警告なのか、それとも女としての嫉妬なのかは、わかんないけど。

まあどっちかと言えば、後者であってくれたら、個人的には嬉しいけど。

僕だって男だし、それに、エルクとはもう何だかんだで深い関係だ。恋人同士なのかはわからないけど、他人とか、ただの友達じゃ絶対にないと言える。

ちなみにこないだエルクにそう言ったら、「こっぱずかしいこと二人っきりの時に言うんじゃないわよバカ！」って顔を赤くして言われた。

そして直後に、照れ隠しなのか、椅子で殴られた。

かわいかったし、意識してくれたのは嬉しいけど、ツッコミきつくない？　僕じゃなかったらよくて昏倒《こんとう》、最悪死んでるよ？

そしてその後、「みんなの前で言えばよかったの？」って聞いたら「アホ!!」っていう言葉と共に、今度は灰皿（大理石製）が飛んできたっけ。だから危ないって。

まあ、お決まりの二時間サスペンス的なことにはならずに、一緒にご飯を食べたけども。

「おーぅ……なかなかに刺激的な日常だな、おい」

僕が仲間について話すと、ブルース兄さんは苦笑した。

「でしょ？　最近の女の子って過激だよね、いろんな意味で」

（……ツッコミ所が多いんだが、どうする兄貴？）

（あー……一応ほっとくか。これも個性だ）

顔を寄せ合ってひそひそ話し出す兄二人。

「何か言った？」

「何も？」

「……？　あ、そう」

ちょっと引っかかるけど……まあそれはともかく、結果的に三人そろってNGだったため、どうすりゃいいかまた悩む僕ら。

そのまま数分議論を続けたものの、とくに名案は浮かばなかった。

で、もう断るしかないんじゃないかと思ったその時……ふと思いついた。

「あのさ、ノエル姉さんはどう？　姉さんなら、女性で安全だし……商人だから、任せられる雑用とかも結構あるんじゃない？」

「えっと、あのー……お気遣いは嬉しいんですけど、そもそも『そういうこと』前提の罰だと思うんですけど、いいんですか？　なんか、どんどん私に楽させようとしてくださってるような……」

おずおずと口を挟んだナナさん。

いいんです。

しかし、ダンテ兄さんが腕を組む。

「微妙だな……商人っつったって、秘密事項はいろいろあるだろうし。前々から聞いてたんならまだしも、いきなり仕事を用意するってのは難しいぞ？」

あー、確かに……。

アルバイトだって、採用した日に「じゃ、今から働いて」といきなり言うとこなんてないだろうしなあ。少なくとも僕は知らない。

仕事ってのは、事前にきっちり予定決めてからやるもんだろう。

「……あぁ、そうだ。この手があったか」

と、ダンテ兄さんの説明に僕が納得したと同時に、ブルース兄さんが何か思いついたご様子。


で、翌日。

「えーと、いろいろと事情がありまして、今日からしばらく、こちらで皆さんのお手伝いをさせていただくことになりました、ナナといいます。主な仕事としては、皆さんの『修業』に使われる雑貨類の後片付けや整理整頓《せいりせいとん》などの雑用ですね。ああ、あと、ご命令であればある程度の無茶には対応させていただきますので、遠慮なくイロイロと言いつけちゃってくださいね、よろしくお願いします♪」

「……ミナト、ちょっとこっち来い」

姉さんの手伝いとして修業の世話をすることになったナナさんが、僕ら四人にぺこりとお辞儀をする。

と同時に、ほれぼれするような素敵な三白眼になり、額に青筋を浮かべたエルクが、僕の襟首をむんずと引っつかんで連行した。

この言うなれば『妥協案』の罰が……この後、いい意味でも悪い意味でも、かなり大きな波乱を呼ぶことになるということを……僕はまだ、知らなかった。

第九話　迷惑勇者、暴走……未遂

「すいませんミナトさん、荷物持ちなんてやらせてしまって……あの、今さらですけど、ホントに私一人でも大丈夫だったんですよ？」

「いやあ、いいですって。もともと買い物には行きたいと思ってましたし、ナナさんにはいつもお世話になってますから」

「それは、お仕事なんだから当然じゃないですか。もう、変な人」

ナナさんが僕らのところに来てから数日後。

トロンのメインストリートで、雑貨なんかの買い物をしつつ、荷物持ちをやっている僕と、それを見て悪そうにしているナナさんの会話である。

まあ、偶然予定がかぶったから一緒に来てるってだけで、それ以外の意味はないんだけどね。とーぜんながら。


この村に来て早々、ブルース兄さんの提案によって持ち込まれたイレギュラー。

ナナという名の奴隷の少女。

最初こそ戸惑ってたエルクも(他の面子は意外と普通に受け入れてた。人生経験の差だろうか？)、数日経つ頃には気にしなくなった。

もちろん、彼女の存在を気にしなくなったわけじゃなく、一緒にいて違和感がなくなったって意味だ。

仕事とはいえ、ナナさんはホントに一生懸命で真面目に働いてくれるから、それを見てる僕らの間に、頑張り屋のいい娘っていう評価が定着するのもすぐだった。

彼女の主な仕事は、僕ら『訓練生』四人のマネージャーみたいなもの。

主に、道具や訓練場所の準備や片付け。

まず、仕事量がすごい。そしてその一つ一つが丁寧で、完璧と言っても過言ではない仕上がりだからまたすごい。

例えば、『座禅』で使うお茶も用意してくれるし、使ったボートの手入れもやってくれる。『シャボンそろえ』に使うシャボン液の管理もだ。

驚くことに、それは個人個人の訓練でも例外じゃなかった。

それぞれの訓練場所と、訓練開始のタイミングを覚えて、エルクのボールやシェリーさんのロウソク、ザリーが使う各種雑貨まで、ムダのない動きで用意してくれる。

もちろん、僕の聖水とタライも。

さらには、姉さんとの模擬戦の後、滅茶苦茶になった広場の整地までしてくれるのだ。あの、前世の野球部が使ってたようなT字型の道具で。『トンボ』だっけ？

「明日も同じ場所でやるし、どうせまたでこぼこになるんだからしなくてもいい」って言ったんだけど、「だったらなおさらですよ。やっておけば明日、また気持ちよく訓練できるじゃないですか」だって。ええ娘や……。

おまけに、訓練が終わって休憩してる僕らに、タオルや飲み物を配ってくれる。そして、後片付けやら何やらをささっと終えるのだ。

もうね、どこの完璧超人かと。

懲罰《ちょうばつ》の仕事とはいえ、甲斐甲斐《かいがい》しく働いてくれるその様子は、なんか見ていて微笑ましいというか……部活の女子マネみたいに思えた。

ついでにナナさん、人当たりもいい。壁を作らないっていうか、人と仲良くなるのがすごく上手いんだ。とにかく自然体。

そんなわけなので、僕らとの距離がなくなるのに、そう時間はかからなかった。


「えっと、あとは……ああ、レモンと蜂蜜《はちみつ》でしたっけ？」

「うん。ちょっと試してみたくてさ。かの有名な『レモンのはちみつ漬け』」

「有名、ですか？　うーん、聞いたことないんですが……」

そりゃそうだ。前世の話だもん……とは言えない。

スポーツで疲れた時といえば、『レモンのはちみつ漬け』。そんな憧れみたいなものが、僕の頭の中にあったもんだから。

けど僕は前世で中学、高校って文化部だったから、そういうのとはとことん無縁だった。食べたことはおろか見たこともない。

前世云々は上手く隠して、それをみんなの前でぼやいたら、『おいしそうだ』ってことになって、ナナさんが『じゃあ作ってみます』って話になったわけだ。

仕事を増やしちゃうのはちょっと心苦しかったけど、食べ物の誘惑には弱い僕。

結局、ナナさんにも食べてもらえばいいか、ってことでお願いした。

さらにナナさんは知識も豊富な人だった。

買い物に出てから知ったんだけど、この時期はどんな食べ物がどんな品質で、どのくらいの相場で売られてるか、ってのを把握してる。

その情報をもとに、どの店で買えばより品質がいいものが安く手に入るかを調べて、しかも値切り交渉までやっちゃうんだからすごい。

エルクも言ってたけど、定価で買うのではなく、値切れるだけ値切って買うのがこの世界の基本らしい。無論、例外はあるけども。

日本っていう値段設定が良心的な国で育った僕は、エルクがいないとつい定価で買っちゃうことがしばしばある。というか、ぶっちゃけ値切るのがめんどくさいし。

ナナさんはそんな僕の代わりに値切ってくれ……最終的には、半額以下にまでしてみせた。

なんかもう、あらゆる意味で頼りになりすぎてダメになりそうだ、ホントに。

「手合わせを見てて思うんですけど、皆さんすごいですね。あんな動き、普通の冒険者じゃ何秒も続けられないレベルじゃないですか。それを一手に引き受けられるノエルさんもすごいですけど」

籠《かご》いっぱいで銅貨十五枚という激安で買ったレモンを抱えながら、ナナさんがふとそんなことを口にする。

「あーまあ、姉さんってあのとおり、見た目に反して規格外だからね。あのくらいは楽勝なんでしょ」

「確か、あの『大灼天』なんでしたっけ？　すごいですね……私、噂でしか聞いたことないですよ。それに、随分昔に引退した、って聞いてたのに」

『大灼天』の噂は知ってるんだ？　やっぱ姉さん、有名なんだな……百年近くたってもこうして知られてるくらいなんだから。

「そりゃ有名ですよ？　冒険者ギルドの歴史上でも、五指に入る剣客だって話ですから。まあ通り名だけで、本名はそう知られてないですけど。でも、ミナトさんは弟さんなのにご存知なかったんですか？」

「あー、うん。複雑な事情というか、閉鎖的な環境というか……」

「そうなんですか……うーん。田舎じゃ、そこまで有名でもないのかな？」

田舎じゃなく魔境っていうか……情報伝達手段がそもそもない場所だったもんですから。

兄弟の人数や名前すら知らなかったし。

「逸話もいろいろあります。一人で百人の野盗を斬り捨てたとか、一太刀《ひとたち》で軍艦を真っ二つにしたとか、火山地帯に棲《す》むランクSの龍族を相手に単騎で戦って勝ったとか」

……ノエル姉さん、よく僕や母さんのことを『規格外』呼ばわりするけど、自分もたいがいなもんだな。まあ、全部が全部真実じゃないかもしれないけど。

しかし、それにしても……。

「で、討伐した龍族の素材で作った武器が、生涯《しょうがい》の愛剣『朱星《あかぼし》』。引退後には、その偽モノが市場に出回ったりしたらしいですし、ホントに有名で人気の……あの、ミナトさん、どうかしました？」

「え？　あ、いや……なんか、すごく詳しいな、って」

なんか、噂ってレベルじゃないくらいに詳しい。

僕の知識が乏しいのはしかたないけど、ナナさんは多すぎない？

しかも、思い出す素振りもほとんどなく、すらすら話してたのが気になった。

まるで用意した原稿を呼んでるみたいにすらすらと語り、とちって言い直したりすることも全くない。

興味があって調べたから詳しいのか、それともよっぽどこういう説明に慣れてるのか……もしくは、その両方？

「うーん、多分、噂で聞いたと思うんですけど……ああでも私、もともと物怖じしないっていうか、人前で緊張しない性格みたいですから」

僕が尋ねたらこの返答。それだけで、あんな風にスラスラ言えるもんなのかな？　わからん。

けどまあ、人見知りしないし、『物怖じしない』のはその通りだから……まあ、いいか。

「ふふっ、これって一応、褒められてるんですよね？　そんなに評価していただけるなら、いっそミナトさん、私の購入を考えてみてはいかがですか？」

考え込んでた僕に、ふいにナナさんがそんな話題を振ってきた。え、購入？

「購入、って……ナナさんを僕が、奴隷として買うってことですか？」

「他に何が？」

いや、そんな当然のように言われても。

その……天気の話をするみたいに、さらっと人身売買を持ちかけられても、返答に困るんですけど。なんてセールストークだ。

「私って、二週間後の奴隷オークションの目玉商品の一人なんですよ。ミナトさん達への出向も、だいたいそのくらいまでになるんですけど、皆さんいい人ですし、ミナトさん達になら買われてもいいかな、って。労働条件が良いのはもちろん、楽しい職場になりそうですし」

「いや、いきなりそんなこと言われても……」

「まあ、戸惑っちゃいますよね。でも、一応考えておいてもらえません？　たった数日ですけど、私そこそこ役に立てたと思いますし……もしお気に召したのであれば。多分ですけど、金貨七、八枚あれば、落札できると思いますから」

にっこりとした笑顔のまま、とんでもない『売り込み』をかけてくるナナさん。なんて豪胆な。

けど、こういう面も彼女の魅力というか、長所の一つなんだろう。

物怖じしないだけでなく、意外とちゃっかりしているし、若干黒い。

策略かなと思える部分も時々見え隠れする。商品を値切る時とか、とくに。

さっきも青果店で、「あれぇ？　この果物、あの地域の農法で作るともっと斑模様《まだらもよう》の色が濃くなるんだけどなあ～？　ホントにあの地域産の品かなぁ～？」と一瞬で産地偽装を見抜き、それをネタにして各種野菜を八割引にさせてた。

思いっきり脅迫で、全く容赦ない。達成感に満ちたその笑顔がちょっと怖かった。

ただ、そういう清濁《せいだく》織り交ぜた考え方ができる点は、僕の中ではプラス評価なんだけども。

前しか見ない愚直な考え方って、融通《ゆうずう》が利かなくて、正直好きじゃない。

……ごく最近、その極端な例を何度も見てるから、余計に。

「それに今回のオークションでは多数の奴隷が出品されますから、お客さんの目当ても分散するみたいですから、ぜひともご一考くださいね？」

……そういえば、今のセールストーク聞いて思い出したことがある。

こないだから気になってたから、いい機会なので聞いてみることにした。

「あのさ、ナナさん」

「はい？　スリーサイズですか？」

「違います」

「なぁんだ、買うときの参考にしてもらえると思ったのに」

「全くもう……そうじゃなくて、ちょっと気になったことがあってですね。ナナさん、何か事情を知らないかな、と」

「気になったこと？」

「はい。何となくなんですけど……この村、なんか奴隷商人が多いな、と思って」

ここトロンに来てすぐ、リュート達が食って掛かってた名も知らない商隊。

二日目昼、ブルース兄さん達と会った時にリュートが絡んでた商隊。

その夜、僕が兄さん達に飲みに連れて行かれた時にリュートが絡んでた商隊。

そしてナナさんを連れてきた商隊……把握してるだけでも四つ、それなりに大きい商隊を確認した。

ちなみに、ブルース兄さんが直々に護衛してたのはナナさんがいた商隊で、他にも傭兵団から分隊を作って護衛した商隊もあるそう。

複数の商隊を同時に護衛できるくらいの団員数がいるなんて、結構すごいな。

……それはそうと、やっぱり多いと思う。奴隷商人の数は。

もっとも、例によってこの世界では当然のことである可能性もあったけど、今回はそうじゃなかった。

僕がその理由を知らないか聞いてみると、ナナさんは少し考えてから答える。

「そういえば、私を管理する商隊のリーダーさんが、ちらっと言ってたかもしれません。このトロンの村が、今まさに成長中なのが原因だって」

「成長中？」

「はい。奴隷って、一度買っちゃえば、最低限の衣食住を与えればすむ安上がりな労働力でしょう？　だから需要があるのと、新しく商売を始める人にとっては、賃金を出して人を雇用する場合の練習台としても使われることがあるんです」

「？　まあ、言いたいことはわかりますけど……」

商人を志して、新しくここからスタートを切る人にとって、奴隷はいろいろと都合がいい、ってことだ。

人件費は安いし、経営者としての練習にも、確かに使える。

つまり、この村には、そういう人達が多いってこと？

「そう聞いてます。ここ十数年で、豊富な資源を基にぐんぐん成長している村ですから、もっと大きな商売がしたいと思う人もいっぱいいるんじゃないかと」

「なるほど、奴隷商人には格好の市場ってわけだ。そのうち何割が成功するかってのは疑問だけど」

「あはは、確かにそうですね。そういう未熟で、どんなことをされるかわからない人よりは……ちょっと変わり者が多いですけど、信頼できて、一緒にいて楽しいミナトさん達に買われたいなあ、とか私思ってるんです」

やれやれ、またセールストークか。ちゃっかりしてるよ……。

とか考えていた、その時。

「……ちょ、ちょっと待て！　そこの君達っ!?」

「え？」

唐突に呼び止められて……思わずハモりながら、僕とナナさんが同時に振り向く。

そこには、あんまり、いやかなり会いたくない男がいた。

水色の髪を後ろで束ね、そのイケメンフェイスをゆがめている好青年（皮肉）、リュート。

その後ろには、リュートすら霞《かす》んで見えるくらいに過激な女の子、アニーも。リュート同様、買い物袋を片手に提げている。

驚いてフリーズしてたものの、すぐに再起動したリュートは、憤りと戸惑いと悲しみを足して三で割ったような表情で、ずんずんと大股で歩いてきた。

その際、僕とナナさんを交互に見ている。

「どうして君が彼女と一緒にいるんだ!?　彼女に何をさせてるんだよ!?」

いきなり何を言い出すんだ、こいつは？

っていうか、まるでナナさんのこと知ってるような口ぶりだけど。

「あー、そのですね、実は……かくかくしかじか」

僕の戸惑いに気付いたナナさんから耳打ち。ほほう、なるほど。

僕達が初めて会ったあの夜、ナナさんは直前に、リュート一味とひと悶着あったという。

僕らの返答を待たずにリュートは続けた。

「何で君が彼女を連れてるんだ？　まさかとは思うけど、奴隷商人から彼女を購入したとかいうんじゃないだろうな？」

「それの何が問題なのかって点も聞きたいけど、別にそうじゃないよ。ちょっと事情があって、出向で身柄預かりになってるだけだから」

「あっ、ミナトさんそれは……」

「え？　み、身柄預かり……だと!?」

僕が言った瞬間、ナナさんから『まずい！』ってな声と視線が飛んできて、さらに、リュートとアニーの表情が変わった。

具体的には、リュートがショックを受けたような顔になって、その後徐々にふつふつと怒り出す感じ。

アニーは……ゴミを見るような侮蔑《ぶべつ》の目。なぜ？

すると、再びナナさんの耳打ち。

「ミナトさん、ほら、この前も言ったでしょ？　ミナトさん達のとこの仕事は良心的ですけど、身柄預かりって基本、『そういうこと』前提ですから……」

「……あ」

そうだった。本来ならかなりきつい罰を、僕らが無理矢理に曲解して今の形にしてるんだっけ。

つまり一般的な『身柄預かり』ってのは、あれだ。

奴隷が『何をされても文句は言えない』っていう、ほぼ最悪の条件で他人に貸し出される罰のことを言うんだった。

とくに女性の場合は、性的暴行もありえる。

ってことはつまり、僕今、すんごい勢いで誤解されてる？

案の定アニーが前に出てきて、僕に弁解する暇を与えず、口を開いた。

「性根の悪い奴だと思ってたけど、ここまでとはね。まさか、女を手籠めにしてかしずかせるのが好きだったなんて、さすがに思わなかったわ」

「……すがすがしいほどに予想通りな誤解されてるね、やっぱ」

「まあ、本来はそういう罰ですから、しかたないと言えば、しかたないんですけどね」

「はぁ？　もしかしてこの期に及んで言い訳するの？　ますます見苦しいわね……ねえ、そう思うわよね、リュート」

リュートはその質問には答えず、僕のほうをじっと見ていた。

意外なことに、アニーみたいな侮蔑の視線は感じない。

もっとも、強い意志のこもった目つきで、瞬きすらしないでこっちを睨むもんだから、居心地は決してよくないんだけど。

僕が何か言ってやぶ蛇《へび》になるのも怖いから、アクションを起こすのもためらわれる。

そのままたっぷり三十秒ほども、リュートは怒りや困惑、悲しみや悔しさ……いろんな感情が混ざった目をこちらに向けていた。

空気が重い。僕、何も悪いことしてないのに。

どうしようもなくて戸惑ってると……。

「……強いんだね、君は」

リュートは吐き出すように、そんなセリフをつぶやいた。

「はい？　強いって？」

「君じゃない、彼女に言ったんだ」

リュートは視線を、僕から隣にいるナナさんへ移す。

……どうしよう、嫌な予感しかしない。

「何があったのか知らないが、こんな大変なことになって……しかし、それでも君は笑顔を捨てることなく生きている。本当に、すごいと思うよ」

「そうね。人から人に、道具みたいにたらい回しにされて、しかもその先でどんな目にあったか……なんて考えたくもないもの。私があなたなら、我慢できない」

「えっと、いや、そういう事実はホントにないんですけど……」

ナナさんも、聞いてもらえないんだろうな、とわかってるみたい。つぶやくように言ったナナさんの額には、たらりとマンガ汗。

それとは対極に、表情から空気からシリアスにも程があるリュートとアニーは、そのまま少しの間、ナナさんを励ます言葉をいくつか並べたあと、視線を僕に戻した。

「ミナト、だったな」

「……そだけど、何で？」

「アニー、僕は決めたよ。もう、後回しになんてできない。これ以上、彼女を痛みや悲しみが襲う前に……僕達が、彼女を助けよう」

いや、人に話しかけるんならそっちで話が済んでからにしてほしいんですけど。

「ミナト、話は簡単だよ。僕は……」

一拍。

「僕は君に決闘を申し込む！　もし僕が勝ったら彼女を――」

「謹《つつし》んでお断りさせていただきます」

「解ほ……なっ!?」

意外そうな顔するな、このテンプレ勇者。

誰が受けるか、そんな面倒くさそうな申し込み。全力で無視するっちゅーの。

リュートはというと、ショックを受けて固まっている。

背後に『ガーン』って効果音の文字が見えるようだ。

おそらく彼は、『僕が勝ったら彼女を奴隷身分から解放しろ！』と言うつもりだった。そして僕が決闘を受けると疑わなかったんだろう。

そしてそして、さらにその先。僕に勝って、ナナさんを解放して、感謝されて、自分達の『正しさ』を再確認する。

さあ僕らの冒険はこれからだ、まだ見ぬ明日へ旅立とう、っていうラストの展開まで浮かんでたに違いない。

そんなラスボス役をやらされるのはごめんなので——戦いになっても負けるつもりはないんだけども——断らせてもらう。

「なんでだよ⁉　どうして断るんだ⁉」

「いや、どうして断られないと思った。受けるわけないじゃん、そんなの」

「どうして⁉」

「そもそも僕が決闘する理由なんてないもん。ナナさんを解放したいという勝手な理由で言ってるんでしょ？　一方的に」

「っ……その通りだよ。決闘で僕が君に勝てば、彼女を助けられる、自由の身にできるんだ！　だからそれを……」

「それ、こっちにしてみれば迷惑な話でしかないってわかって言ってる？　繰り返すけど、何で受けてもらえると思えたのさ」

「それはっ……」

目的だけ見て、そこに至るまでの経路を考えてなかったわけだ。

いや正確には、考えたつもりだけど考えられてなかった、と言うべきか。

正しい目的のためだと信じ込んで、一直線に進もうとした結果、ちょっと考えればわかるであろうことがわからない。

こいつ絶対、肝心なところで失敗するタイプの人間だと思う。

むしろホント、こんな生き方でよく今までやって来れたもんだ。どこかでドジを踏んでのたれ死んでてもおかしくない世の中なのに。

相当運がよかったのか、それとも……。

「ふん、要するに負けるのが怖いんでしょ？　情けない男ね！」

おおぅ、油断してたらものすごいテンプレな挑発が。

隣のアニーがすごい見下した物言いで、あからさまにケンカ売ってくる。

本心かどうかはわからんけど、どっちにせよ受ける気はない。

「まあ、賢《かしこ》い選択かもね？　あんたごときがリュートに勝てるわけないいんだし。勝負を受けないっていうんなら、とっととおうちに帰って寝れば？　弱虫のぼーや」

「はいはい、もうそれでいいよ。まあ、まだ買い物残ってるから、帰るのはそれからだけど。じゃ、そういうことで」

「……っ⁉　ここまで言われて反論の一つもできないわけ？　ホント情けない男ね、何か言い返してみたらどうなのよ⁉」

「別に悔しくない、っていうか気にしてないからいいよ。もう行っていい？」

「あんたプライドないわけ⁉　ケンカの一つも買えないなんて、よくそれで冒険者としてやってこれたわね⁉」

あんたらこそ、よくそんなスタンスで今までやってこれたよね………って、お？

そんな風に、だんだんと音量を上げつつわめくアニーの後ろに、すごく心強い人物の姿が見えた。

「ふん！　する必要も価値もないってわかってても、あんたのお仲間に同情しちゃうわ！　こんな情けない腰抜けとチームを組むなんて、苦労が絶えないでしょうに……」

「悪かったわね、情けない腰抜けと好《す》き好《この》んでチーム組むようなお仲間で」

「⁉」

いきなり後ろから声が聞こえてびっくりしたんだろう。

ばっと振り向いたリュートとアニーは、そこに、僕にとってはもっとも長く付き合っている冒険者仲間……エルクの姿を確認した。

そのエルクはというと、まず僕、次にリュートとアニー、そしてナナさん（首輪装備）に順番に視線を向け、それだけで全てを理解したようなため息をついていた。

「やれやれ……つくづくトラブルに遭いやすいわね、あんた」

「遭いたくて遭ってるわけじゃないけどね」

「ちょっと！　こっちを無視して話をしてんじゃないわよ！」

すぐにエルクにも噛みつくアニー。

面倒くさそうな視線で応えるエルクだが、アニーは間隙《かんげき》なくまくし立てる。

「ちょうどいいわ、あんたからも何か言ってやってよ、この腰抜けに。あんたも嫌でしょ？　自分の連れが、決闘の一つも受けられないようじゃ」

「バカ言わないで。何で私がそんな説得しなきゃいけないのよ」

「なっ!?」

おぉ、エルク、バッサリ。

歯牙《しが》にもかけず、罵倒《ばとう》と挑発が一緒くたになったアニーの要請を切り捨てる。

「あんたらそろいもそろって腰抜けなわけ!?　リュートがせっかく、あんたらのためを思って決闘って形にしてくれてるのに、何なのよ一体!?」

「うっさいわね、少し静かにしゃべりなさいよ。それに、いったいどこが私達のためを思ってなのよ。今んとこ、迷惑しかかけてないじゃない」

「決闘でリュートの強さを、そして何より正しさを知って、自分のバカな行いを悔い改めるいい機会になるって言ってんのよ！　そんなこともわからないの⁉」

「わかるわからない以前に、余計なお世話以外の何物でもないわね。そもそも、そんな私達の得にならない話、受けるわけないじゃない」

「得、ですって？」

「そうよ。事情は聞かなくても大体わかるわ。ミナトがナナを連れてるのを見て、あんたらが勝手に怒って決闘を申し込んだ。条件は彼女の解放……こんなとこじゃない？」

「おー正解、おみごと、さすがエルク」

「ありがと。でもその取引、リスクしょってるの私達だけよね？　そんなの受けるわけないでしょ？」

「取引じゃないわ、尋常《じんじょう》な決闘よ！」

「一緒よ、少なくとも私達にとってはね。あんたが勝ったら、私達はナナを解放しなきゃいけない。そしたら私達は、ナナを失うだけじゃすまないの。ナナはあくまで、奴隷商人からの身柄預かりなんだから、失った場合は賠償をしなきゃいけない。オークションのキャンセル料もあるだろうし、結構な額になる。リスクが大きすぎるでしょ」

　一息にさらっと言ってのけたエルク。

　さすが、損得勘定はザリー以上にうるさいから、計算だけじゃなく論破までバッチリ。

要点をきっちり踏まえて、きっぱりはっきり断ってる。コレなら揚げ足の取りようがない。

「そんなの、あんた達の自業自得じゃないの！」

さらに苛立ちを募らせるだけの結果に終わった。

まあ、エルクは動じる様子もないけど。

「『自業自得』の意味を知ってんのあんた？」

「奴隷なんて間違ったもの所有してるあんた達が、そもそも悪いって言ってんのよ！」

「説明されても私の返事は変わらないわよ。道徳に忠実なご高説は結構だけど、交渉したけりゃもうちょっと損得勘定ってもんを勉強したら？　決闘でも取引でも、賭けるなら等価のものが常識でしょ？」

「ふん、お金や損得でしか物事を考えられないなんて、貧しい心してるのね！」

「それで結構よ。そういうスタンスの方が、心は貧しくても懐は潤うもの」

「……もしも……」

と、ここでリュートが口を挟む。

「もしも、僕らがそれに見合うだけの対価を用意したら、決闘を受けてくれるのかい？」

「いや？　受けないわよ？」

「なっ!?　あんた、さっきと言ってること違うじゃない！」

「普通用意するもんだ、とは言ったけど、したら受けるとは言ってないでしょうが。何度も言うように、私達は損得はもちろん、面倒くさいから受けないって言ってんの」

「っ……言わせておけば、言うに事欠いて『面倒くさい』ですって……？　どこまでも人をバカにして！　だったら、リュートじゃなくて私がやってあげようかしら……！」

なんて言いながら、アニーは得物である杖を取り出した。立派な凶器だ。

……結局の所この娘、感情に任せて言ってるだけなんだよなあ。

さっきから全然話に筋が通ってないのに、『私達は正しい、あなた達は間違ってる』って繰り返すだけ。

そして自分達の要求が通らないと、最後には実力行使に出ようとする……まるっきり子供か、聞き分けのない不良だ。

やることなすこと全部が無茶苦茶すぎる。

もうやだこいつら。

ただ、こっちにはやる気がなくてもアニーは殺《ヤ》る気満々。仲間に甘いのか正義だからかリュートも止めないので、僕が止めようかと思ったその時。

「そこまでにしてもらおう。悪いが、こんな往来での争いを認めるわけにはいかないな」

そんな声がしたので、僕らがはっとして振り向くと……そこには野次馬連中に混じって、見覚えのある人物が。

水色の髪に、青と水色で統一された、軍服と鎧《よろい》。

折りたたみギミックのついた弓を背負った、クールな雰囲気のこの人は……。

「あなたは……見たところ、軍人ですか？」

「そうだ。名前はスウラ・コーウェン。ウォルカ方面基地で中隊長をやっている」

そう、『ブラッドメイプル』の一件でお世話になった、スウラさんがそこに立っていた。ザリーの情報だと最近出世したらしい。

よく見ると、胸につけてるバッジが、心なしか豪華になっているような……。

「ウォルカ方面？　ここは別区域のはずですが……それがなぜ？」

「すまないがそれを話すことはできない。それよりも、双方、武器を収めてもらおう」

「……邪魔しないでくれない？　他人に口を出されたくないんだけど」

「そういうわけにはいかないな。見たところ魔法が使えるようだが、このような場所での魔法を交えた私闘は巻き添えを生みかねない。それは貴君らの望むことではないはずだ」

「……アニー、彼女の言うとおりだ。ここは……」

「……ちっ」

まだ不満たらたらの様子だけども、さすがにリュートには逆らえないのか、スウラさんとエルクを忌々《いまいま》しそうに一睨みした後、アニーは杖を下げた。

その後、スウラさんが仲裁してくれて……その場はひとまず収まった。

リュートとアニーは、やはり納得はしてないようだったけど、スウラさんの粘り強い説得のおかげで見逃してくれた。

ただ、去り際にリュートが、ナナさんの耳元で「絶対に助けてあげるから。待っててね、僕を信じて」とか言っていたのにはイラッとしたけど。

それつまり、この後も僕らに絡んでくる気だってこと？

まあ、それはその時になったら考えるとして……今は。

「さて……久しぶりだな、ミナト殿。また厄介なのに目を付けられていたようだが」

「ははは……いや、ホント困ってたんで助かりました」

「そうか、久しぶりに会えたことだし、食事でもしながらゆっくり話したいところだが……何分時間がなくてな。挨拶だけですまないが、失礼させてもらう」

あら、そりゃ残念。

随分忙しいんだな、スウラさん。

スウラさんは、「また今度ゆっくり話そう」と言い残して、部下の人達を連れてその場を去った。

うん、純粋に楽しみだ。

「そういえばエルク、どうしてあんなとこにいたの？　てっきり、午後の訓練に備えて休憩してると思ってたのに」

「それなんだけどね、ノエルさんからの伝言。今日、午後の訓練は休みにするってさ。なんか、急用が入っちゃったみたいで」

「？　へー……そうなんだ」

なんだろうと気になったけど……多分、姉さんの『用事』なら、商会関連だろう。だったら、僕が何か考えるようなことはないか。

降って湧いた休日、素直に楽しませてもらいますか。

第十話　冒険者と聖職者と大地主

リュートとひと悶着あった日から数日経った。

その後はリュートと出くわしたりすることもなく、僕らは順調に特訓を続けている。

その特訓だけども、真面目にやってる成果が出てきたのか……できなかったことができるようになってきた。

そう、ちょうど……リュートに絡まれた翌日くらいから。

「……ふぅ……」

心を落ち着けて、聖水の入った桶に手をかざす。

以前はここで、上手く繊細に『闇』の魔力を注ぐことができず、聖水の中の『光』の魔力が反発して失敗してしまった。

けど、ここ数日で、だいぶ細かく魔力のコントロールが可能になっている。

加えて……今日はちょっと試してみたい方法があったりするので、いつもより若干張り切ってるんだけども。

最初は、魔力を、水に見立てていた。

雑巾《ぞうきん》を絞ると水がぽたぽた滴《したた》るように、魔力を水の中に溶け込ませようとして、何度も失敗した。

イメージ上でも、液体に液体を溶かすのは難しい。しかも実際には、片方が液体じゃないんだから。

だったら、液体でなくもっと溶けやすいイメージに魔力を換えたらどうだろう。

例えるなら、コーヒーに砂糖を溶かすイメージ。そう、液体に溶かすなら『粉』だ。

僕がいつも使ってる、『魔粒子』だ。

それを、僕の体の外に出ても霧散しないように気をつけながら、他の物体にも上手く溶けるように……限界まで細かい粒子にして……外に出す。

思えば、これの大雑把なものが『他者強化』だ。それを、極限まで繊細にする。

そういうイメージが固まってからは、かなりスムーズだった。

魔力を魔力のまま注ぎ込むより、魔粒子にして注ぎ込んだほうが明らかに反発が少ないし、イメージもしやすい。

『他者強化』って形で、以前に経験があったことも大きいと思う。

今では……この通りだ。

「……ふぅ。よし……！」

手を水面にぴとっとつけて、およそ十秒。

わずかに水面が波立っただけで、水しぶきなども起こらないまま……聖水の中の『光』は全て、僕の『闇』に打ち消され、普通の水になった。

「ん、測るまでもねえな。質量変化なし、魔力量も……」

ちゃぷ、と横からブルース兄さんが桶に手を入れて、魔力の有無を肌で感じ取る。

一瞬間を置いてこう続けた。

「……ゼロ。文句なし合格だ、ミナト」

「っしゃっ!!」

思わずガッツポーズ。

『闇』の修業『聖水いじり』……クリアっ！

「しっかしまあ、講師泣かせというか何というか……ノエルから聞いちゃいたが、尋常じゃない上達速度だね、お前は」

「そう？　そんなに早いかな？」

「早《はえ》えよ、十分。普通ならこの訓練、筋がいい奴でも一ヶ月以上はかかるんだぞ。それもこれよりずっと小さい桶で。なんで一週間かけねーでクリアしてんだって話だよ」

そんなこと言われても。

何かこう、いろいろ思いついたことを試すのが楽しくなっちゃって、途中から遊び感覚で楽しんでやれたし……そのおかげで集中力は超長続きしたし。

なんていうか、相性の問題じゃないかな？

「まあ、上達してくれんのは兄としても嬉しいけどな……残りの日程が暇になっちまったな。どーする？」

「そうなの？　なら、もっといろいろ魔力コントロールの方法を勉強できないかな？　何か今、絶好調な感じなんだけど」

「おいおい、ここに来てガリ勉化か？　まあ、別にかまわねーけど……一応、知識として各属性の訓練方法は知ってるが、俺は俺で専門分野は別だからな」

「兄さんの専門分野って……氷だっけ？」

「そだよ。んじゃまあ、氷から始めるか？　一個ずつやるほうがいいだろ？　集中できて」

「んー……できれば、全部一気にやりたいんだけど。今のこの感覚を忘れないうちに、それぞれに応用できる部分を見つけて形にしたいから。可能なら今日中に」

今日中にマスターできなくても、浅くでもいいから今日中に触れておきたい。今言ったように、感覚としてつかむために。

兄さんには「一日に修業する魔力の系統の数はなるべく絞らないと混乱すんぞ？」って言われたけど、まあ何とかなるでしょ。

「……やってみて後から絞ればいい話か。んじゃお望みどおり、全系統の修業方法の中で、ミナトにできそうなの教えるか。確か、放出系魔法が苦手だったよな、お前」

「うん。てか兄さん、魔法は『氷』専門なのに、修業法は全種類知ってんの？」

「これでも一応傭兵団のトップだからな。団員の教育や指導のために、知識だけは一通り詰め込んでんだよ。実演はできねーけど」

「ふむ、にゃるほど」

そして僕はその後、注文どおり……『闇』以外の全系統の修業方法を教わった。

シェリーさんもやってる、『火』の訓練『ロウソク溶かし』。

武器の上（僕の場合、手甲の上）にロウソクを載せ、火の魔力と、そこから生まれる熱を調節して、ロウソクをゆっくり溶かしていく訓練。

無論、ロウソクが倒れないように、動かないようにしなきゃいけないから神経を使う。

ちなみにロウソクは、ナナさんがノエル姉さんのところから素早く取ってきてくれた。

『風』の訓練は、エルクのキャッチボールとは違った。その名も『無風パンチ』。

魔力を使って拳の周りの風を調節し、余分な風が起こらないようにして正拳突きを繰り出す訓練。

この時、正面五メートルくらいの位置と、横二十センチくらいの位置にロウソクを置く。

そして、拳を放ったとき、その風圧で正面のロウソクの炎は消しつつも、横のロウソクの炎は消しちゃいけないっていうもの。

空気の正確なコントロールが必要になる。

さらに、『土』の訓練は、『砂砕き』。

砂粒を手に握り、それに『土』の魔力を浸透させて制御することで、数ミリの砂粒をさらに細かく、しかも均一に砕く。

続いて、ブルース兄さんお得意の『氷』、『ピンポイント保冷』。

ごく普通の氷を手のひらに載せ、それを、体温で溶けないように『氷』の魔力で保冷する。

その際手の甲は、桶に張った水の表面につけておかなければならず、そっちの水は凍らせちゃいけない。

つまり、保冷する『手のひら』と、保冷しない『手の甲』で、完全な魔力・温度の区分が必要になる。一定時間後に氷の重量に差がなければ成功、って感じだ。

さらに、『水』の訓練は、その名も『水斬り』。

たらいに張った水の中で手を動かすんだけど、『水』の魔力を使って、体表面付近の水流を細かく操作し、水面が波立たないようにしないといけない。

手で桶の水をかき混ぜてるのに、水面に波が立たないっていう、摩訶不思議《まかふしぎ》な状態を作り出せたら成功、ってことだ。

んで、今度は『雷』。名前は『無限火花』。

両手の人差し指同士を近づけて、そこに『雷』の魔力で作った小さな火花を起こすんだけど……

電気も魔力も一切追加しないで、その電気を何分も維持しなきゃいけない。

高速で両手の人差し指の間を行き来する電気を散らさないため、『雷』の魔力を操作して帯電させておかなきゃいけないわけだ。

そして最後に、『光』の訓練、『聖水作り』。

教会と同じように、普通の水と『光』の魔力を材料に、自分で聖水を作っちゃおうっていう訓練。

やり方は『聖水いじり』と似てるけど、これはこれで違ったコツが必要だった。

とまあ、こんな感じで八属性全部の修業方法を教えてもらった僕は、好奇心の赴くままにそれらの練習を始めるのだった。

☆☆☆

で、その日の午後。

「かんぱーい！」

「いぇーい、お疲れ様でしたー！」

「何か終わったっていうか、やり遂げた風に言ってるけど、ただたまたま午後の訓練が休みになっただけなんだけどね？　普通に」

「うぁん、エルクちゃん、現実に引き戻さないでぇ～……」

「あんたは逃避しすぎなのよ、シェリー」

真っ昼間から騒がしくてすんまそん。

先ほど連絡があり、急遽今日の午後の訓練がなくなったので、たまには昼からリラックスもいいだろうってことで、外食。

ちょっと高めのオシャレなレストランで、五人そろって食事を取ることになった。

「……あの、私が当然のように同席させてもらっている件ですけど……」

「いいのいいの、気にしない気にしない」

ナナさんの疑念は封殺《ふうさつ》。

奴隷だろうが身柄預かりだろうが関係ありません、ご飯は皆で楽しく食べましょう。

ちなみに、ここの食事代はザリーがおごってくれるらしい。

なんか最近、訓練の合間にちまちまやってる情報屋稼業が順調だそうで、懐がかなり潤ってるらしいのだ。

こんな縄張りではないところに来てもそんな感じとは、いやはや頭が下がる。

そのまましばらく、みんなで雑談などしつつ、料理や酒を口に運んで楽しく過ごした。

具体的には、シェリーさんが日ごろのストレスを愚痴《ぐち》にして吐き出したり、シェリーさんがやけ食いとばかりにケーキを食べまくったり、シェリーさんが店員に「もっと強い酒ないのか」と言って困らせたりして……。

なんかもうシェリーさん大暴れ。他の思い出が塗りつぶされるぐらいに。

よっぽどストレス溜まってるんだなあ……まあ、無理ないけど。この性格なら。

「う～、ミナト君のお姉さん、スパルタ過ぎなのよ～……私にはあんな、ロウソクがゆっくり溶けてくのを見てるだけなんて、苦痛でしかないのに……せめてエルクちゃんみたいに、動きがある訓練ならまだよかった」

「何言ってんの、私は私で大変なのよ？　ようやく慣れてきたところなんだから、今」

「そうそう。僕らは四人とも、難易度の高い訓練をこなしてるのは間違いないんだから、みんな大変さは同じなんだって。まあ、もっとも……」

そこでザリー、一拍置いてなぜか僕を見る。

「それを苦痛に思わない人もいるみたいだけど、ね」

「あー、私も聞いた。何か、全属性の訓練をさせてもらってるとか……何、それ自分から言い出したの？」

「うん、興味あったし、せっかく時間あるんだから、有効に使わなきゃもったいないでしょ。それに、結構楽しんでやれてるしさ」

「うわ、何それ、気持ち悪」

「ちょ、さすがに酷くない？」

何か、シェリーさんに引かれた。『マジかこいつ』みたいな、信じられないものを見るような視線が飛んでくる。いや、そこまでせんでも。

「じゃあ何？　ミナト君は今日みたいなオフの日にまで、自主トレーニングとかしちゃったりするわけ？」

「いや、さすがにそれはないって。休む時はきっちり休む主義だから、僕」

……あ、「そういえば、『休み』で思い出したんだけど。

そういえば、さ……なんか最近、訓練が休みになること多くない？」

「あ、確かに、それはちょっと思うわね。ここ数日の間に、今日でもう三回目じゃない？」

最初に訓練が中止になったのは……ちょうどそう、リュートに絡まれた日だ。

あの日から数日なのにもう三回、午後からの訓練が中止になっている。

ノエル姉さんの、商売関係の用事らしい。

ゆっくり体を休められるってんで、最初は普通に喜んでたんだけど……さすがにこう何度も続くと、ちょっと気になる部分もあるわけで。

とか思っていると、ふと思い出したように、我らが情報屋ザリーが口を開いた。

「あー、何か最近、妙な噂が流れてるから、ノエルさんが忙しいのはその関係かもね」

「妙な噂？」

「うん。なんでも近々、このトロン有数の富豪が、また何か新しく事業を始める予定らしいんだ。しかもその事業はかなりの利益が期待できるから、多くの商人が提携とか協力の話を持ちかけて、自分達も利益を……って考えてるわけ」

「ここの富豪って……確か、山で取れる天然資源でボロ儲けしたっていう？」

「うん。でも、あれからちょっと調べたんだけど、どうも、単にそれらを売って儲かるようになった……ってわけじゃないみたいなんだ」

「？　どういう意味よ、それ？」

「その『天然資源』は主に薬草とか、薬効のある木の実とかなんだけどさ……最近その有用な使い方が新しく発見されたことで、薬草そのものの価値が上がったらしいんだよね」

ザリーの話によると、もともとこの山は、薬草が豊富に取れることでも知られていた。

しかし、そんなに珍しい薬草があるわけでもなかったし、それより山菜を取ったり、魔物を狩って素材を売ったりしたほうが儲かるので、別段見向きもされてこなかった。

ところが何年か前、あまりにも唐突に、その価値観がひっくり返る出来事が起こった。

件《くだん》の富豪お抱えの薬師が、その薬草を材料として、より効果の高い薬を作れる新技術を開発したのである。

それにより、薬草類の値段が一気に上がっただけでなく、このあたり一帯の地主が『私有地』だと主張し出した。

その結果貧民層の人達は、月々の生活に必要な収入源である『薬草採取』や『山菜採り』に行けなくなってしまったのだ。


そして同じころ……この話を聞いて憤《いきどお》っているやつがいるということを、その時の僕はまだ知らなかった。

その結果、とんでもなく面倒な騒動が巻き起こり……それに僕らは巻き込まれることになる。

☆☆☆

所変わって、場所は村外れの教会。

そこでは、日々の糧も得られない貧民のために、教会が寄付を募って炊き出しが行われていた。

そして、募集もしていないのに有志として参加し、さらには寄付金まで出している、リュート達の姿もあった。

リュートとアニーは、休憩時間に聞き込みをしたギドから、地主が私有地を主張し始めた話を聞いたのである。

「……ひどいな、その地主」

「全くよ、人間のクズね。儲かるとわかった途端に自然の恵みを独り占めにして、しかも飢《う》える人が出ようがお構いなしなんて……」

ふつふつと湧き上がる怒りをその身に滲《にじ》ませるリュートだが、ギドからの報告にはまだ続きがあった。

「いや、それが、今どうやら状況が変わりつつあるらしいんだ、リュート」

「？　どういうことだい、ギド？」

普段ならば、リュートを止めることなどないギドが、珍しく制していた。

「その富豪なんだけどな……何でも持病が悪化して寝込んじまったらしい。それも、回復が見込めないとかで、最近、二代目の息子に権利やら何やら一切合財《いっさいがっさい》を譲ったそうだ」

「病気で、かい？」

「へえ、いい気味ね。きっと天罰が下ったのよ、弱者を虐《しいた》げるようなバカな真似するから」

「ああ、俺もそう思う。そのまま死んでもよかったと思うが、それはおいといてだな……その、代替わりした息子のことなんだがな？」

「何？　そいつも親と同じで外道《げどう》なの？」

「いや、それがむしろ、全く逆なんだ。意外なことにな」

「？　どういう意味？」

二人が聞き直すと、ギドは「それがな」と続ける。

ギドが村で聞いてきたのは、その二代目が先代に比べて、随分と良心的な方針を取る傾向がある、といった噂だった。

山を傭兵で固めて封鎖し、薬草を盗み採ろうとする者があれば問答無用で犯罪者として突き出していた先代。それと異なり、見つけても厳重注意で済ます、生活費を稼ぐ術《すべ》を失った住民を支援するなど、福祉的な方策を打ち出しているらしい。

「おまけに、この炊き出しなんだけどな……資金の約四割を出資してるのが、ほかでもないその二代目らしいんだ」

「そうなのか？　もう手伝い始めて数日になるけど、聞いたことなかったよ？」

「ああ、間違いない。さっき教会のシスターに直接確認したからな」

「シスターって、テレサさん？」

「いや、シスター長のカーラって人だ」

「カーラって、この教会の責任者の……なるほど、それなら間違いないわね」

「シスター・カーラがどうかなさいました？」

「！」

唐突に割り込んできた声に驚き、振り返る三人。

背後には、いつの間にか教会のシスターが買い物用の布袋を手に立っていた。

数日前からここでボランティアをしている三人にとっては、もはや見慣れた顔。

驚きこそしたものの、警戒する必要はなかった。

「ああ、なんだ、シスター・テレサでしたか」

「驚かせてしまったかしら？　ごめんなさいね。それより今、シスター・カーラについて話していたようだったけれど、彼女に何か御用？」

「ああ、いえ。ただ、彼女から村の新しい大地主さんについての話を聞いたもので。何でも、先代に比べて随分と良心的な方だとか？」

「まあ、そういうことでしたの。私はつい最近トロンへ来たばかりですから、地主さんについて詳しいことはわからないのですけど……直接ご本人にうかがってはいかがかしら？　ちょうど今、次の寄付のことで、教会でシスター・カーラとお話なさっていますから」

「!?」

「あ、それでは私、これから買い物がありますので……これで」

会釈《えしゃく》程度に頭を下げて踵《きびす》を返したシスター・テレサを見送ると、ギドが口を開く。

「で、どうするんだ、リュート？」

「休憩時間はまだある。せっかくのチャンスだ、行ってみよう」

リュート達はシスター・テレサの提案に乗り、二代目がいかなる人物かを確かめるため、教会の中に入っていった。

……その姿を、後ろから見ている人影がいるとも気付かずに。

「……ふふっ、若いわね、あの子達」

そうつぶやきながら、彼女は手にした買い物袋を揺らしながら、今度こそ市場へ歩いて行った。

☆☆☆

その十数分後。

リュート達は、廊下《ろうか》で出会った別のシスターからお目当ての人物の居場所を聞き、二代目との邂逅《かいこう》を果たしていた。

モンド・ハックというその男は、大地主らしく上等な服を身にまとっている。そしてその態度は、リュートが『噂』で聞いた通りだった。

「なるほど、君達はここで、貧困に苦しむ人達を助ける事業の手助けをしてるんだね」

「ええ、そうよ。あんたの親父さんのせいで、が頭につくけどね」

いつもと変わらない調子のアニー。

初対面だろうと、村で実質ナンバー1の権力者だろうと、彼女の毒舌は相変わらず冴え渡っていた。

出会って数分の他人にそんなことを言われたというのに、大地主──モンドはぴくっと反応しただけで、とくに気にした様子もなく口を開いた。

「……そうだね、その通りだ。全く……息子として、情けない限りだよ」

「？　何だ、まるで、村の現状を知らなかったみたいな言い方だな？」

言い方が気になったギドが聞き返すと、モンドは額に手を当てて苦笑する。

「ああ、実は……つい最近まで、長いこと村を離れていてね。二年と少しほど前になるかな、帰ってきてみれば……」

「あんたの親父さんのせいで、この村はこうなってた、と？」

「新しい薬草の利用法が見つかったのは、もう何年も前だろ？　そんなに長いこと村を離れてたのかよ？　親父さんと連絡を取り合ったりもしなかったのか？」

「情けないことにね。いろいろと、身内の恥となる話だから、あまり詳しく話したくないんだが……簡単に言えば、バカな親子《おやこ》喧嘩《げんか》だと考えてくれればいい」

「……そうですか。なら……一つ、聞かせてください」

「何だい？」

聞き返したモンドを、リュートは、真剣な目で、表情で見つめ返す。

「……あなたが直接関係したわけでないのはわかってます。しかしあなたのお父さんが、私欲のためにこの状態を作ってしまったことについて、あなたは身内として、申し訳なく思っていますか？」

はぐらかした回答は許さない、と言わんばかりの口調だった。同様の雰囲気を、傍に控えるギドとアニーも醸し出している。

モンドはそれを聞いて、さっきよりもかなり長い時間考えるような素振りを見せると、はぁ、とため息をついた。

「……そうだね。今、ざっと考えてみたけど、今もスラムで苦しみながら暮らしている人達に対して、謝りたいことは山ほどあるよ。本当に、どうしてこうなってしまったのやら。もちろん、私にできることは全部したいと思っているよ」

「だったら、山の封鎖を解除して、スラムの連中がまたあそこに入れるようにすりゃいいじゃねえか。そうすりゃ、貧困も……」

「それが可能ならいいんだろうけどね、そう簡単にはいかないんだ」

「どうして？」

「理由はいろいろある。先代が……まあ、親父なわけだが、多くの商人と契約を結んでしまってね。利益を守るために、山に他人を入れないで管理する、だとか」

「そんな契約、破っちゃえばいいじゃない。薄汚い強欲さと正義とじゃ、どっちを優先するかなんてわかりきってるもの。ね、リュート」

「理由は他にもある。例えば、この山が有用な薬草の産地だというのは、方々に知れ渡っている。

入山・採取の制限を解除すれば、あちこちから大規模な採取隊がやってくるだろう。中には荒っぽいことをする連中もいるかもしれないし、そうなれば、スラムの住民に危機が及んでしまう」

「なるほど……確かにそうですね」

「だから、できることから始めようと思っている。具体的には……今、スラムで仕事がなくて苦しんでいる人々に仕事を与える。そのくらいなら、私の力ですぐに可能だからね。ちょうどこれから、新しい事業を始めようと思っているから」

「それは、つまり……？」

「ああ、その事業のために、新たな雇用を作り出そうと思う」

ギドが感心したようにうなずく。

「なるほど。それなら、トラブルもなく問題を解決できるな」

「まあ、百パーセントそうとは限らないけどね……。そこで、君達を見込んで、頼みたいんだ」

「？　何を？」

ふいに告げられたモンドの言葉に、リュートは聞き返した。

モンドは、一拍置く。

「私は、その事業拡大の際、トラブルが起こらないように最大限の努力をする。けど、どうしても避けられないトラブルが起きてしまった場合……貧民達を助けるために、君達は私に力を貸してくれるかな？」

モンドは自分の正面に座るリュートの目を真っ直ぐに見て、そう問いかけた。

リュートはその問いに、いや彼に限らずアニーやギドも、少なからず意外そうな顔を見せる。

無理もない。この村に苦痛をもたらしたといっても過言ではない男の跡継ぎが、このように殊勝なことを考えていたのだから。

そして、モンドの態度を目の当たりにしたリュートの心は決まった。

普段の彼の方針通り、リュートの答えは一つしかありえない。

「もちろんです、モンドさん。僕も、ここの人達に助かってもらいたいと思っています」

「……もしかしたら、事業で多大な出費をしてしまって、あなた方に支払う謝礼は、ほとんど出せないかもしれない。それでも？」

「もちろんです」

「……わかった。いつか君達を頼らせていただくかもしれない。よろしく頼むよ、リュート君」

モンドはあくまで落ち着いた声でそう言うと、椅子に座ったまま、リュート達に頭を下げた。

リュート達が去ってから数分後。

部屋にある、とぐろを巻いた蛇の置物――実は念話に似た通信機能を持つ希少なマジックアイテム――に話しかけるモンドがいた。

ソファにふんぞり返り、先ほどまでとはおよそ異なる態度である。

「ああ、話したよ。あの女に呼びに行かせて、な。聞いていた通りのバカ正直さだ……あれなら、俺達の計画に上手いこと貢献してくれるだろう」

『ふふっ、そうか……なら、早いとこ計画を進めんとな。どうも、軍が何やら嗅ぎ回っておるようだ。まさかとは思うが……』

マジックアイテムの向こうから聞こえる話に、ぴくっ、と反応するモンド。

「軍が？　……気になるな。予定を前倒しするか？」

『それも考えよう。すでに準備は完了しているからな、問題ない。ぬかるなよ……モンド』

「もちろんだ。あの女にも、戻り次第そう伝えよう」

第十一話　加速する向上心

『合同訓練合宿』も折り返し地点に来ると、各自の現状を把握する目的で、ノエル姉さんが用意した『課題』をこなす、言うなれば『テスト』が実施されることになった。

そこで僕らは……驚くべき光景を目にする。


「何……コレ……？」

そんな驚愕と感嘆、そして衝撃で震える声を絞り出したのは、エルクだった。

エルクが姉さんに出された課題は、攻撃魔法『エアロスラッシュ』。

魔法で生み出した真空の刃を前方に飛ばす技だ。

習得すれば強力な遠距離攻撃の手段になるが、それ相応の努力と才能がなければ身につけられない『風』の中級魔法だ。

説明を受けたエルクは、最初「無理でしょ!?」と反射的に叫んでいた。

無理もない。何せ、エルクは最近魔法の練習を始めたばかりなんだから。

この『訓練合宿』の直前にも、風の攻撃魔法の訓練はやった。

しかし、風の遠距離攻撃の初級魔法『エアカッター』――『エアロスラッシュ』の初心者版にあたる技すら、まともに成功した経験がなかった。

だから、普通はできるわけがないだろう。

ザリーやシェリーさんも、『何言ってんの?』的な視線を、姉さんに向けていた。

しかも、最近は魔法の実戦訓練をまともにしていない。

これは姉さんの言いつけで、各自の訓練メニュー以外には魔法の修業をしないように、という制約を受けていたのだ。

だから、多分何も起こらない、起こりようがない。

しかし、そんな僕らの予想はものの見事に裏切られた。

「これを狙って撃ち」と、姉さんが広場のど真ん中に用意した、木と藁《わら》で作られた人形（人間サイズ）に向かって、エルクはイメージトレーニングしてる通りに魔法を放った。

その結果、人形は……綺麗に真っ二つになった。

背後にあった、結構な大きさの岩と一緒に。

「…………」

僕、シェリーさん、ザリーの口からは何も出てこない。

呆気に取られるしかない。

ただ、『何であんな位置に岩（直径二メートル弱）があるんだろ?』と思ってた僕は、その理由がわかった気がした。

もし成功した場合、空気の刃がそれ以上向こうに飛んでいくのを防ぐためかとも思ったけど、ひょっとしたらあれ、岩ごと斬れるの前提で置いてたんじゃ……?

そして、その驚愕は……あと三回訪れることになった。

ザリーは、エルクの時と同じ人形に、以前にも見たことのある砂嵐の魔法『サンドストーム』を当てるって課題だったんだけど、その背後に、結構な大きさの木が一本立っていた。

おそらく、木の葉を全部散らしてしまう威力の砂嵐がくると予想してたら、ザリーが全力で放った砂嵐は、一秒数えるうちに葉っぱを全部落とす。

二秒目で木の皮を削って白い内側を露わにし、枝をへし折り、砕き、吹き飛ばす。

五秒後には、幹以外のすべてが削《そ》ぎ落とされ、変わり果てた姿になった。

おまけに、そぎ落とされた葉っぱや木の皮が、粉砕機でも使ったのかってくらいに見事に粉々になって、あたりに散っていた。何ちゅう威力だ。

そしてもちろん、人形はほぼ跡形もなくなっていた。


シェリーさんの場合はもっとすごかった。

愛用の魔剣が、『火』の魔力の特徴である赤い燐光《りんこう》をまとったかと思うと、やっぱりここでも用意されていた人形を両断した。

横一文字に斬った太刀筋に沿って、人形の何倍にもなる大きな爆炎が燃え上がり、人形を一瞬で灰にした。灰もその時の爆風で吹き飛んで、後には何も残らなかった。

周囲には強烈な熱風が広がって、周囲にいくつかあった水溜りがじゅわっと蒸発し、晴天続きのグラウンドみたいにからっからに乾燥した。

姐さんに言われて、何十メートルも離れさせられたのはこのためか。もし近くにいたら、余波だけでも被害を受けそうな爆炎だった。

最悪、全身火傷でショック死とかしてしまいそうである。

アレはちょっと、僕も直撃は避けなきゃならない威力に仕上がってる気がした。

そして、自分で言うのもなんだけど……一番派手というか、大変なことになったのは、僕だったと思う。

僕のメインはやっぱり『闇』なので、テストもその属性で行うことに。

『闇』の魔力を拳に充填して、僕の時だけは用意されなかった人形の代わりに、姉さんが指定した地面を思いっきり殴った。

で、どうなったかっていうと。

まず、地震よろしくズシンッと地面が揺れて、周囲半径数十メートルにあった木の葉や実がほとんど落ちた。

そして、止まっていた鳥達が……いっせいに逃げていった。

地面には、殴った部分を中心に、爆弾でも爆発したか、はたまた小型の隕石でも落ちたのかって感じのクレーターがあった。

えーっと……コレ、一体どういうことなんだろうか？

修業開始前に比べて、いろいろと、とんでもないことになってる気がするんだけど……。

姉さんに言わせれば、「あのメニューをこなしてたんやから、当然」とのこと。

ハードな内容だったあれらの訓練は、それぞれが僕らの成長に大きな役割を果たしていたと、この時になってようやく聞かされた。

まず、『神経過敏茶&座禅』。

あれを飲んで気持ち悪くならなくする方法は、ズバリ動かないこと。

揺れる場所にいて、否が応でも体が動く場合は、それと対応するような動き——言ってみれば『相殺』することで酔いを抑えられる。

同時に、筋肉の緊張や弛緩《しかん》、重心の移動なんかにも気を使うとより効果的だ。これらの『酔わない』ための体運びは、そのまま日常や、戦いの時の体さばきにも応用できる。

日常ではより疲れず、力も効率的に発揮できるような、最適な動き。

完全にイレギュラーな『揺れ』に無意識に対応できるくらいになれば、当然戦いの中でも、心身に負担がかからない動きが自然にできるようになる。

つまり、この訓練の目的は……『動きの最適化』だったわけだ。無意識下で自然に実行できるようにするためとはいえ、かなり荒療治かつスパルタだった。

次に、『シャボンそろえ』。

これは予想通り、魔力を見極める観察力と注意力、そして、自分の体に宿す魔力量の繊細なコントロールを可能にするための訓練だった。

結果、左右の手で違う量の魔力を、正確にコントロールできるようにまでなった。

魔力の感知も、パッと感覚的にわかるところまできている。

そして、先ほどの『テスト』においてもっとも影響が大きかった訓練——それこそが、各自別々のメニューで行った、魔力コントロールの修業だった。

力を上手く使うっていうのは、最小の労力で最大の結果を出すということ。

効率的な力のコントロールを覚えたことにより、一定の魔力と精神力で、最大の威力を出せるようになった僕らは、それぞれの『魔力』の性質を最大に発揮できるようになった。

例えばエルクなら、風の魔力による、空気の流れのコントロール。

熟達すれば、風の刃や障壁を作る他にも、気圧操作や真空空間の作成までもが可能だ。エルクも、きっといつかはできるようになるだろう。

攻撃魔法の威力も増し、射程距離は数十メートルにまで、切断力はあんな大岩を真っ二つにするまでになった。

ザリーの『土』の魔力なら、単にもっとも適しているのは、膂力《りょりょく》の強化。

しかし、周囲の土や砂との調和によって発揮される特殊な力もまた、真骨頂《しんこっちょう》であると言っていい。

練習すれば、砂埃《すなぼこり》で周囲を探索したり、石つぶてで攻撃したりもできる。

達人クラスになると、ある程度地形を操作したり、分厚い土壁の向こうの音を聞き取ったり、超音波探査機よろしく地中の様子をスキャンして把握したりするなんてこともできる。

情報屋稼業で隠密《おんみつ》もこなすザリーには、もってこいの力だろう。

そして、戦闘力の向上もさっき見たとおりだ。いざとなれば、そこらのザコなら証拠もろくに残さず、文字通り粉々にできる。まあ、血は大量に流れるだろうけど。

でもって、シェリーさんの『火』。当然ながら、その特性は熱だ。

魔力で発生させた炎は強烈で、攻撃の時には、数千度の高熱と、至近距離で爆弾が爆発したみたいな爆風が相手を襲う。

そんなものを食らうわけだから、大抵の相手は一太刀で爆散し、バラバラに……なるより先に燃え尽きて灰になって消し飛ぶ。

鎧もおそらく役に立たない。防御力云々以前に、熱で焼き切れてしまう。

もちろん、魔力や高熱に対抗できるような特殊な素材の鎧なら別だけども。

そして、トレーニングによってより効率的かつ繊細、そして強力に魔力をチャージできるようになったシェリーさんの一撃一撃は、炎なしでもB以下の魔物ならまず一撃で斬り捨てられるまでの威力だった。下手すれば、その余波だけでも倒せるかも。

そして、僕の『闇』。

エルク達のようなわかりやすい特性はないが、その分、どんな状況にも対応できる可能性を秘めた、オールラウンドな魔力だ。

鍛えれば鍛えただけ、その魔力に通ずる全ての能力が上がる。

で、その結果がさっきの地面パンチに如実に現れた……というわけだ。

もっともパンチのみならず、敏捷性やその他の能力も同じように激増してるらしい。

各講師陣の話だと、僕らの攻撃の威力は、今までの数倍にまで上がっているだろうとのこと。

とくに、今まで力を上手く使えていなかったエルクは、もともと才能としてあった伸びしろの分が一気に伸びた、って感じだ。

それに加えて燃費もよくなっており、肉体的・魔力的ともに全員の持久力が大幅アップ。

総合的な戦闘力は、今までとは比べるまでもない。しかもそれを、これから残る半分の訓練期間の中でさらに洗練していくという。

自分達が今まで考えもしなかったステージに立ちつつある、と聞かされ……僕らはそろって驚きを隠せなかった。

まさか、こんなすぐに、ここまで急激なパワーアップができるなんて……思ってもみなかった。

今までずっと、この修業期間は『長い』と感じてた。苦痛に感じるようなきつい訓練が、少なからずあったこともあって。

しかし、この成長具合を考えれば……驚くほど『短い』期間だったと言っていい。

何せ、半月だ、半月。

常人が、数ヶ月〜数年かけて到達するようなパワーアップを、他でもない、自分自身の体で、技で体感させられた。

けど、エルクやザリーといった大きく成長した二人は、確かにこの数日間で体力がついてきたような感覚があったという。

具体的には、訓練メニューの一つである、姉さんとの組み手の時。

そこで、疲れにくくなったり、姉さんの技に多少反応できるようになったりしたらしい。

なるほど、燃費向上による持久力の増加と、集中力の強化を、なんとなくではあれど、体感できてたわけだ。

そして……この成長具合を自覚した僕らが、今までに増してやる気を出し、修業に励むようになったのは、ごく自然だったと思う。

☆☆☆

「……まあ、予想はしとったけど……デタラメやったな、全員」

「ええ、そうですね。よくもまあ、あそこまで才能のある者達がひと所に集まったものです。しかも、互いに反発することもなく、和気藹々《わきあいあい》としている」

「剣呑《けんのん》よりゃいいでしょーよ。それに、きっちり上達してくれりゃ、教官としてもやった甲斐があるってもんだろうに」

「にしたって限度あんだろ、何だあのビックリ人間軍団」

四者四様、思い思いに『中間発表』の感想を述べる、ノエル、ウィル、ダンテ、ブルースのキャドリーユ兄弟。

弟子達の成長を喜ぶ反面……彼らの表情や心中は複雑なものだった。教え子達が輝かしい成果を発揮した直後としては、いささか不釣合いなほどに。

落胆しているわけではない。言うなれば、『喜び方がわからない』のである。

そこで口を開いたのは、ダンテだった。

「……まあ、そりゃ全員が全員、半月じゃありえねーぐらい成長したんだから、度肝を抜かれたのはホントだけどな」

「ええ。完全に予想外でした。まあ、毎日彼らに接していましたから、覚えが早いというのは実感していましたが……実際に技に出してみると、ここまでとは」

落ち着いた口調のウィルではあるが、メガネをずらして目頭を押さえている。

いろいろと思うところがあったようだが、それも無理のないことだった。

今回の訓練メニューは確かに普通の稽古よりも少し過酷で、その分大きく成長することが期待できるものだった。

きちんとある程度の期間をこなせば、十人並の冒険者でも、周囲から一目置かれるレベルになれるくらいである。

今回の『訓練』でミナト達四人は、苦労に見合った大幅なレベルアップを見せた。

予想外だったのは　その成長幅が明らかに異常で、完全に講師陣の予想を上回っていたことだ。

エルクはせいぜい、『風』の攻撃魔法がある程度使えるようになるだけかと思われていたのに、予想もしなかった大きさ、そしてはっきりとした存在感の風の刃を放ち、設置された人形はまるで豆腐か何かのように真っ二つ。

ストッパーとしてその後ろに置いた岩をも両断し、後ろの地面にさらに深い傷跡を残していた。

真上から見ると、実に十メートル近くにもなる、一直線に大地に刻まれた割れ目。

もし間に障害物がなければ、それは三十メートルにも達していただろう。

ザリーの砂嵐は、予想どおりの暴風と砂礫《されき》の乱打で、人形の後ろにあった木の葉を散らした。

しかし、それがまるで削岩機のような勢いで襲い掛かり、人形も木も『削り取って』しまうなどとは、全く予想できなかった。

もし普通の人間に向かって加減なしに放てば、バラバラに分解してしまうであろう、恐ろしい威力だ。骨のかけらが残るかどうかも怪しい。

シェリーにしてもそうだ。

『ロウソク』の訓練で魔力の繊細なコントロールを身につけた結果、熱をより収束させて威力の高い一撃を繰り出せるようになった。しかし、数度振れば湿地を砂丘に変えられそうな、化け物じみた威力を期待したわけではない。

発せられる熱波も手伝って、剣でありながら実質槍のように長いリーチで戦うことができるだろう。一振りで鋼の鎧をバターのように断ち、余波で数歩外の敵を焼けるはずだ。

そして、最後に……ミナト。訓練生達の中でもっとも凶悪な才能を持ち、もっとも規格外の実力を持つ男。

見せられたのは、たった一発のパンチだった。

たった一発。されど、それで全てがわかった。わかってしまった。

体内および体外での『魔力』のコントロールを学んだミナトは、その実力を遺憾《いかん》なく発揮した。

最大の威力の拳を地面に叩き込んだ結果、大地が揺れ、森がざわめき、鳥達が逃げる……局地的な地震現象が引き起こされたのである。

しかしここで疑問が生じる。

爆発的な魔力をこめて攻撃を行った場合、その余波によってなんらかの副次的な破壊現象が引き起こされることは珍しくない。

攻撃にこめられた魔力が大きければ大きいほど、その破壊の規模も大きくなる。これは主に、魔力の影響である。

シェリーが魔剣を振った余波による地面の乾燥や水溜りの蒸発などは、いい例だろう。

攻撃はあくまで剣によって行われたのに、発生した高熱で周囲が二次的な影響を受けた。そしてその炎は、熱は、魔力によって生み出されたものだ。

ノエル達は当初、ミナトの『地面パンチ』の破壊も、込められた魔力の余波によるものだと思っていた。拳にまとう強大な『闇』の力がなす破壊だろうと。

しかし予想に反し、ミナトのパンチで出来上がったクレーターからは……魔力による余波の痕跡《こんせき》を感じなかった。

これにより二つの点が明らかになる。

一つは、ミナトが、余波として拡散しないよう上手く魔力を収束させていたこと。つまり、コントロール技能の高さゆえに、ムダに散ってしまう魔力がほぼゼロだったわけだ。

そして、もう一つ。

ミナトは強化された身体能力と、研ぎ澄まされた体術で放った拳『だけ』の威力で、あの大きさのクレーターを作ったということだ。

本来、余波がなければ起こりえない規模の破壊を、身一つで引き起こす。

単純な膂力の問題ではない。力の拡散や収束、体の各部の駆動の方向、拳を放つタイミングなど、小難しい理屈も絡んでくる。

ミナトはそれをほぼ完璧に行った。

だからこそあの威力が生まれ、あそこまで巨大ながらも均一でキレイな、円形のクレーターが生じたのだ。

心身ともにリラックスし、物理的・魔力的に、ムダな力が入っていない証拠である。

ここで真に恐ろしいのは、それら全てを『自然体』で実行していることだった。

力のかけ方を計算しているような様子も、精神統一して深く集中しているような様子も、緊張して力んでいる様子も、全くない。

あくまで『いつもどおり』にやれば、もっとも威力を発揮できる——それをミナトは本能的、もしくは直感的にわかっていたのだ。

元から知っていたのか、それともこの修業の最中に『感じ取った』のかはわからない。どちらにせよ、口で教えてもらっても覚えられるようなものではなかった。

数日前、アイリーン監視下の元に行われたミナトとノエルの手合わせ……あの時には見られなかった、洗練された動き。

それを、このわずか数日間で『覚えた』ミナトに対し、ノエル達は戦慄《せんりつ》を禁じえなかった。

ノエルにしてみれば、今回の訓練内容は、『もっと強くなりたい』と相談してきたミナト達のために用意した、果てしなく高いハードルだった。

ノエルの記憶が正しければ……彼女自身が今のミナトと同じ『技』を手にするまでに、年単位の時間を要したはずだ。

無論、冒険者として名をはせた百年前からずっと研鑽《けんさん》を怠らなかったので、現在の完成度はミナト以上である。

しかしノエルには、人間の一生分の時を費やしてたどり着いた今の境地にも……ミナトはすぐに到達してしまうような気がしていた。

「……まるで、オカンやな」

「あん？」

ぽつりと、ノエルがつぶやいた言葉に、ブルースが聞き返した。

「ミナトはまるで、若い頃のオカンみたいや。ゆーても、アイリーンはんから聞いた限りしか知らへんねんけど……あの、ムチャクチャ加減が」

「ほー。そらまた、どんな？」

「天才とか秀才とか、そういう連中は、最初から優秀でバンバン成長する代わりに、挫折《ざせつ》っちゅーもんを知らん。せやから、一旦どこかで壁にぶつかると、そこでもう嫌になってもーて、全部投げ出してまう奴もおる。けど……ミナトやオカンは、違う」

「逆にやる気が出る、とかか？」

「近い、けど……ちょい違う。やる気を出して、壁を乗り越えるために、やれること全部やってがむしゃらに努力して……努力して、そんで……」

一拍。

「気付くこともなくいつの間にか壁をぶち抜いて、さらにどんどん進んでいく。気付いた時には、目標だった場所の百歩も二百歩も先まで進んで、『あれ？』……ってなもんや」

「……至言《しげん》ですね、まさに、今の彼を言い表すのにふさわしい」

と、呆れと感嘆の混じったため息をつくウィルだった。

☆☆☆

「いきなり修業が休みになった？」

「うん、なんか、ブルース兄さんにさ……『ちょっとこれからの指導方針について悩まなきゃいけないから、しばらく訓練はお休み。ゆっくり休め。自主練は基礎だけでいいぞ？』って言われて休みになった」

「何それ？」

僕とエルクの会話である。

ホント、何だろうね？

普通こういう時って、「休みだからって油断するなよ！　継続してやることで本当に力になるんだからな！」っていうノリで、きっちり続けて練習するもんだと思うんだけど……？

そしてその際、何か妙にブルース兄さんが疲れた様子だったのも地味に気になったんだけど、さっさと帰ってしまったので聞けなかった。

で、とくに何もすることが思い浮かばなかった僕は、なんとなく（迷子になる危険性がない範囲を）散歩してたら、同じ状況のエルクに出くわした。

今現在は町外れの広場で、露店で買った焼き菓子をほおばりながら雑談中。

こんな風に訓練が休みになって暇になるっていうのは、そこそこ喜ばしいかと思ってたんだけど、今みたいに、やっと軌道に乗ってきたところで休みになると、逆になんかこう……やる気を持て余すわけで。

「いきなり時間が出来ても、正直やること思いつかないんだよねー……最近ようやく成長を実感してやる気出したばっかりだし」

「あ、わかるわそれ。私もちょっと今、肩透かし食らったみたいで不完全燃焼だから」

どうやら、エルクも僕と同じみたいだ。

休暇をもらったことに喜びつつも……せっかくアクセルを踏み込んだのにエンジンが空回りしたような、不満げな表情になっている。

……コレはコレでかわいいんだけど。

「ところでさ、エルク？」

「？　何、ミナト」

「いや、実はさ……さっきから、このやり場のない向上心をどうにかする方法がないか、ずっと考えてたんだけどさ」

「ふーん……で、何か名案でも浮かんだの？」

「うん。ちょっと、親孝行的な部類に入るかな、っていうアイデアなんだけど」

「？　親孝行？」

親って、子供からのサプライズ的なイベントに弱い。

もちろん行き過ぎると怒られるけど、いつの間にか子供が成長してたりとか、内緒で手作りのプレゼントとかを用意してたりとか……極端な例かもしれないけど、親ってそういうの喜ぶよね？

「知らない間にこの子立派になってたのね」とか言って。

ともかく、そう考えた僕がどういう答えに行き着いたのかを説明したところ。

「…………………」

わぉ、素敵なジト目。

「最近はノエルさんとかウィルさんとか、結構がキャラ濃厚な人ばかりと接してたから忘れ気味だったけど……あんたが一番非常識だったのよね、そういえば」

「んー、悲しきかな予想通りのお言葉。褒め言葉として受け取っとこうかな」

「好きにしなさい。っていうか、それ……本気なの？」

「超☆本気」

「……ちなみに、今何個くらい？」

「十個ちょっと。明日になれば二十個くらいになってるかも」

「滅茶苦茶にも限度あるでしょ……でも……」

一拍。

「……面白そうね、正直」

お、こりゃ意外。エルク、まさかの乗り気？

その小顔に浮かんだ、いたずらっぽい笑みがすごくかわいく、しかしちょっと危険な匂いを帯びている。

「我ながら、何というか……順調にあんたに毒されてる気がするわ。全くもう。責任は取ってくれるんでしょうね？」

「あははは、嬉しいこと言ってくれるね……気の利いたセリフを返してあげたいけど、エルクには敵《かな》わないからやめとこ。で、どうする？」

「そうね……わかった。私にも向いてそうなの、あるのよね？」

「もちろん。いくつでもどうぞ、好きに持ってって。何なら、具体的なリクエストを言ってくれれば、それっぽいの考えさせてもらうし」

そんな感じで、誰もいない広場でくすくすと笑いながら話す僕らは、傍から見たら、イタズラの相談をしている悪ガキみたいに見えたことだろう。

実際、自覚としてはそれに近かった気もする。

……この企《たくら》みが後に、親孝行どころか、逆に姉さん達に思いっきり頭を抱えさせる結果を招くことになろうとは。

そしてこの自主トレのことを、後に『エルク魔改造週間』と呼んだりすることになるとは……このとき僕らは、予想もしていなかったとさ。

第十二話　うごめく陰謀とシスター・テレサ

ある日の昼下がり。

場所は、町外れにある教会。

いい天気だというのに、その部屋のカーテンは締め切られていた。

一筋の日光も入ってこない、薄暗いその部屋の中には、二人の人物がいた。

一人は、すでにこの村でも悪い意味で有名になってしまった青年、リュート・ファンゴール。

そしてもう一人は、このトロンの実権を握っている富豪、モンド・ハック。

人目を避けるかのように密会する二人が相談しているのは……この村の、スラム街の人々の貧困問題を解決する、モンドの策について、だ。

「前にも話したとおり、私は……正確には私の店は、新しく大きな事業を始めようと思っている。

その際に、スラム街で貧しい暮らしをしている住民や、奴隷という嘆かわしい身分に身をやつしている人々に、役に立ってもらうつもりだ」

「雇用という形で、でしたね」

「ああ、そうすれば、私達の頭を悩ませている貧困問題の解決につながる。しかしそれには、少し障害があってね……」

「？　障害？」

ふいにモンドが、軽く頭を抱える仕草と共につぶやいたので、リュートは聞き返した。

「ああ、既存の奴隷商人達のことが、少し……ね」

モンドいわく、奴隷という安い労働力は商人にとって、非常に扱いやすくて重宝する、売るにも買うにも魅力的な『商品』らしい。

それゆえ、それらを専門に取り扱う奴隷商人達は、仕入れの時期に非常に敏感である。

トロンには、経済成長の波に乗って自分も一旗上げようという、若い志の商人が数多くおり、彼らにとっても『奴隷』は必需品だ。

つまり、この村は奴隷がよく売れる市場なのだ。

そして同時に、あまりに急激な経済発展と、その利益を独占しようとした『先代』の横暴《おうぼう》の影響で、生活に困窮《こんきゅう》した『奴隷予備軍』がかなり多いため有用な『仕入れ場所』でもあった。

『売却』と『仕入れ』の両方がこなせるトロンは、奴隷商人達にとっては格好の土地であり、当然、今村にいる奴隷商人達も、何人、何十人もの困窮者を奴隷として取り立てていく可能性がある。モンドは続ける。

自分達が救済しようとしている人々を、何人も何人も『奴隷』として連れて行ってしまう。一時の支えにしかならないお金を、その残された家族に渡すのと引き換えに。

それでは、その場はしのげても、やがては同じような悲劇が繰り返され、家族がバラバラになって全員が奴隷に身を落とすだろう。

すでに奴隷商人の中には、多くの『予備軍』と契約をかわし、数日のうちにその身柄を差し押さえる予定の者もいるらしい。

このままでは彼らは救えない。果たしてどうすればいいのか。

「答えは明快……団結するんだ。それしか、道はない」

「団結、ですか?」

「ああ。スラムの住民は、個人では力を持つ者に抗うことは難しい。しかし、数が集まれば話は別だ」

「全員で協力して抗う、ということですか? 奴隷商人達に?」

「ああ。しかし、暴力に訴えてはいけない。あくまで『不服従』と、自分達の持つ権利を主張して、身売りを拒否し続けるんだ」

ミナトが聞いていれば、どこかで聞いたことがあるような『抵抗』の仕方だという感想を抱いただろうが、リュートには極めて新鮮だった。

「斬新《ざんしん》というか、何というか……しかし、それでは結論を引き延ばしているだけになりませんか？　向こうから歩み寄ってくれるとは思えないのですが……」

「それがそうでもない。人間というのは現金な生き物でね。集団が相手となると、途端に慎重にならざるを得なくなるんだ。とくに、人の上に立つ人間はね」

「と、いうと？」

「例えば、私は今、何十人、何百人もの従業員を雇っている。あくまで例えの話だけど、そのうち一人が、下っ端の分をわきまえず私にたてついたとしよう。その一人の首を切って、店にいられなくするのは、私には簡単だ」

「……なるほど。あくまで、例え、ですよね？」

「もちろんだ。ただこれが、一度に数十人、数百人になると、事情が違うだろう？　さすがに全員の首を切って解決、というわけにはいかない。生産ラインが止まってしまいでもすれば、私の店は大損害を被る。力ある者に対して弱者が数で対抗するというのは、実はとても合理的な方法なんだ」

いわゆる『ストライキ』の考え方だった。

初めて聞く理論に少なからず衝撃を受けたリュートは、いつの間にか集中して聞き入っていた。

「これは、今回のことにも言えることだ。スラム街の、奴隷に身を落とそうとしている住民でも、

一致団結すれば簡単には敗れない力を手にできる。さらにこの村の、まだ奴隷とは縁のない者も味方にできれば、奴隷商人達が束になったとしても敵わない力になるだろう。ただ、欠点もあり……」

一拍。

「すでに連れて行かれてしまった者を、救うことはできない……歯がゆいな。それに、力ずくで連れて行こうとする者が現れないとも限らない……すまない、リュート君。偉そうに語っておいて、穴だらけの計画だ」

しかしリュートは、申し訳なさそうにつぶやかれたその言葉を受けてなお、より一層固い決意を瞳に宿し、心を燃やしていた。

自然と滲み出る言葉を、モンドに向けてはっきりと言い切る。

「その時は……僕達がお手伝いします。彼らが幸せに、人として当然の未来を歩むための戦いなんだから……誰にも、邪魔はさせません！」

その言葉に、心の中でモンドがほくそ笑んだことを知る者は、誰もいなかった。

☆☆☆

大体、一週間。

僕達の修業が前ほど厳しくなくなってから、そのくらいの期間が過ぎた。

そしてこの『訓練合宿』も（うっかりそういうのに参加してたんだってことを忘れそうになる）残すところ一週間かそこらだ。

もっとも、基礎訓練である『神経過敏座禅』や『シャボンそろえ』は今まで以上の時間やってるから、僕らの地力は依然としてぐんぐん伸びていっている……って、ダンテ兄さんが言ってた。

このところ、ダンテ兄さんが朝からの僕らの訓練をずっと見てくれている。

というのも、ノエル姉さんは商会の予定が予想以上に立て込み、ブルース兄さんは傭兵集団のトップとして忙しい。

残る二人……ウィル兄さんとダンテ兄さんの二人は、同じ目的でここに来てる。

そのため、処理能力で勝る（らしい）ウィル兄さんが、ダンテ兄さんの分まで用事・仕事を引き受けて時間を作る代わりに、ダンテ兄さんが僕らを指導……っていうことになったらしい。

ダンテ兄さんは、なんというかアットホームな雰囲気の人である。

姉さんやウィル兄さんはバリバリ『教師』って感じがするんだけど、ダンテ兄さんおよび、僕の担当であるブルース兄さんは、性格が大雑把で豪快なので、どちらかと言えば友達に近い。

それでいて、教える実力はきちんと持ってるし……組み手方式の訓練でも、要所要所の指導まで含めてきちんとこなすんだからすごい。

もっとも、ダンテ兄さんにも得意不得意はあり、魔力の訓練は『土』以外できないので、ザリー以外の僕らは基本的に自習だ。

時々見に来てアドバイスをくれる程度だけど、ダンテ兄さんいわく『繰り返すだけで十分力になる』だそうだ。

それとこの『訓練合宿』では、基本的に姉さんが模擬戦闘の相手（しかも全員の）をするんだけど、たまに兄さん達が代わりをやる場合もある。

そこで知ったんだけど、ダンテ兄さんは、姉さんとはやっぱり戦い方のタイプが違った。

姉さんは、あの日本刀を武器にして、スピードと身軽さ、そして技の繊細さといったテクニック重視な戦い方をする。

しかしダンテ兄さんの場合は、ほぼ逆。スピードやテクニック以上に、パワーとタフネスが印象に残る。

僕の攻撃を避けるか受け流す姉さんと違い、ダンテ兄さんは正面から受け止める。これはいい経験になる。


で、ブルース兄さんなんだけども……ダンテ兄さんよりも細身で、見た目はグータラ。しかしその実態は、ノエル姉さんとダンテ兄さんのいいとこ取りみたいな人だ。

避ける、受け流す、受け止める……そしてその合間に飛んでくる攻撃が、ノエル姉さんより鋭く、ダンテ兄さんより重いってんだからすごい。

僕はまだ、相手してもらってる中で、この三人に本気を出されたことがない。

ちなみに、ウィル兄さんは手合わせをしない。

本人曰く『私は戦闘タイプじゃないんですよ、あなた方と違って』とのことだ。

しかし、それでも実力的にはAランクの冒険者くらいはある、って聞かされた時は、エルクが素敵なジト目を見せてくれた。僕以外にそのジト目が向けられてるって思うと、正直ちょっと複雑な気分になったりならなかったり……。

「変なとこで対抗意識持ってんじゃないわよ、バカ」

はい、すいません。


――とまあ、そのエルクだけども、今現在、僕と一緒にいる。

場所は、トロンから少し離れた、小高い丘の上。それなりに開けた場所。

時間は、穏やかな午後の、昼下がりな時間帯。

ここで僕とエルクは、自主トレの真っ最中なのだ。

ここんとこ日課になりつつある、二人での自主トレは、例によって空いた時間を有効活用するために始めたもの。

というか、ウォルカで日課だった朝の鍛錬が昼の時間帯に移っただけ、って感じがしないでもないけど。

ただ、決定的に違う点が二つある。

一つは、シェリーさんがいないこと。

毎日一緒に参加し、そして僕に模擬戦を申し込んでいたシェリーさんだけども、この自主トレには参加していない。

理由として考えられるのは、午前中の訓練のシメに行われる、ダンテ兄さんとの模擬戦で欲求が発散できてるからか……はたまた、精神的にクる訓練の影響があるからか。

もしかしたら、余裕が出来て、なお僕らの自主トレに興味を持ったら、後で参加するかも。

そしてもう一つ違う点は、自主練の『内容』がかなり特殊だってことだ。

もちろん、いつもの練習と同じ筋トレとか、組み手もきちんとやってる。けど、メインはあくまで別。

エルクも一緒になって何をやってるかと言うと、一言で言えば……『新技の開発』かな。


そんな自主トレの合間。

休憩がてら村の中心に戻ってきた僕とエルクが、買い食いでお腹を満たそうと露店をめぐっていた時のこと。

何やら前方が騒がしくなっている……が、あのお節介青年の声はしなかった。なので野次馬根性で行ってみると、そこにいたのは――。

「……ナナ、さん？」

「と……知らないわね、あの三人は」

一言で言えば、無法地帯には割とよくあるシチュエーション。下品さ丸出しなチンピラっぽい連中に、かわいい女の子——ナナさんが絡まれている。

両手に買い物袋を持っているところを見ると……買い出しの帰り道、ってとこだろうか？

最近ナナさんは、僕らに練習の合間に軽食なんかを作ってくれるようになった。

僕が前に提案した『はちみつレモン』がきっかけになったらしく、そこから自主的にいろいろと調べたりして、メニューの幅を広げている。

それが何気に楽しみになっている僕らは、『訓練のためなんだから必要経費だ』とナナさんに一定額のお小遣いを渡し、それで買い物をしてくるように頼んでいる。お釣りはナナさんのもの。

そしたらナナさん、やる気を出してますます……って感じ。

どうやらその彼女が、買い出しの帰り道にからまれた、ってとこらしい。

その場には、ナナさんとチンピラのほかに、三人のシスターと思しき女性がいた。

そのうちの一人が、ナナさんとチンピラの間に割り込んで、ナナさんを庇う形を取りつつ、チンピラに説教してる。

別のシスターはそのすぐ後ろに立ち、時折うんうんと頷きつつ、首を縦に振っている。

残る一人のシスターは……他二人と違って、随分と態度に余裕があった。悠然と立ってるというか、微塵も怖気づいたり、緊張してないというか。

野次馬達の話に耳を傾けると、どうも、こういうことらしい。

僕らの見立てどおり、買い物帰りのナナさんがチンピラ達に絡まれた。

そこに通りかかったシスターのうち、正義感が強かった一人がそこに割って入り、ナナさんをかばう形に。そこに、残る二人も追従。

なるほど、あの三人はナナさんを助けようとしてくれてるわけだ。

僕らが納得していると、何だかチンピラが殺気立ってきた。

そんでもって、いまだ衰えぬ勢いで説教してるシスターそにつかつかと歩み寄って……ああ、これ、直接的な暴力に出る気だ。バイオレンスだ。

右手、思いっきり拳握ってるし。

さすがに目の前で行われようとしている婦女暴行……しかも、ナナさんを庇ってくれた人が傷つくのは忍びない。

なので、とりあえず助けるために前に出ようとした……その時。

ぎょっとして後ずさりしたシスターの前に、ナナさんが立ちはだかり、振るわれた拳を、至極当然のように片手で受け止めた。

☆☆☆

そのしばらく後。

「いや～……ナナさんってホントに強かったんですね」

「あ、やっぱり意外でした？　よく言われるんです」

場所を移して、ここは教会。

助けたシスターさんに、ナナさんと、後で合流した僕らが招待されたのである。

むしろ教会の皆さんがナナさんを助けていたような気もするけど……それはともかく、半ば強引に連れてこられた感じがするのはなぜ？

今は、「少しお待ちください」ってんで、応接間らしき部屋に座っている。

話を戻すと、さっきナナさんはそれなりにガタイのよさそうだったチンピラを、苦もなく一人で撃退してしまった。

それも……明らかに戦い慣れた、ムダのない動きで。

拳を受け止めてからがとにかく速かった。

腕を『ぐりん』と回して関節を極《き》めると、チンピラがうめき声を上げるよりも早く、今度は背中を『ばしん』と叩いた。

その一撃で、チンピラは声も立てずに失神した。

そこから先は、あっけに取られてる間に全部終わっちゃった感じ。

ある者は延髄《えんずい》に蹴りを叩き込まれて、ある者はこめかみをごつんと殴られて、ある者は後ろから首をスリーパーホールドでコキュッと……そうして、次々と仕留められていった。

一応、ナナさんが強いってことは前から聞いてたけど……それでも、予想以上だ。

手練の冒険者も舌を巻くであろう戦闘力を目にして、野次馬を含め僕らはあっけに取られてた。

ナナさんの動きには、一切の無駄がなかった。

ふと頭に浮かんだのは、今の僕らの成長。

姉さん達の『修業』の結果として、無駄がそぎ落とされた僕らの動きに、なんだかすごくよく似ている気がした。

それはつまり、ナナさんは以前にそういう類の本格的な『戦闘訓練』を積んだ経験がある、ってこと。

そーいえばこないだ、ナナさんと始めて会った時……串焼きの串が飛んできたんだっけ。あれも、ちょっと只者じゃないコントロールと勢いだった。

何せ、顔の横数ミリを掠《かす》めつつも、ギリギリ『当たらない』位置への投擲だったんだから。

なので、シスターの皆さんが戻るのを待ちつつ、それとなくナナさんに聞いてみた。

するとナナさんは、「いつか聞かれるとは思っていました」と前置きした上で、「えーと……」と、少し困ったような顔で話してくれた。

「記憶喪失？」

「えーと……はい。ちょっと信じられないかもですけど、ホントなんですよね……」

予想以上に突飛な答えだった。


まとめると、どうやらこういうことらしい。

ナナさんは、ある時気がつくと、王都近くのとある警備隊屯所の施設にいた。

といっても、別に牢屋とかじゃなく、保護した被害者とか難民とかを入れる部屋だ。

その時すでに、ナナさんの首には奴隷の首輪がはめられていたという。債務奴隷を表す、青いラインの入ったものだった。

名前以外の記憶がなく、自分が何者で、どこから来たのか、そして後で気付くことだけども、体が覚えていた戦闘能力が何なのかも、きれいさっぱり忘れていた。

しかし、そこで暴れたり駄々をこねたりしたら面倒になるかも、と考えられるくらいには冷静だった。

さらにその後、説明に来た警備兵さんに自身の発見情報を聞いた。

ナナさんは、海岸に流れ着いて気絶していたところを、たまたま遠征に来ていた軍の部隊に発見されたのだという。

海を漂っていて打ち上げられたのは確かだが航行中の船から落ちたのか、はたまたどこかの崖から転落でもしたのか……は、わからない。

その時、すでに首輪がついていたので、何らかの理由で持ち主の元を離れた奴隷であると思われた。一応、保護って形でそのまま身柄を拘束されることに。

ただ、届けられた『奴隷紛失』の問い合わせの中に、ナナさんらしき人の記録はなく、首輪に記されているシリアルナンバーは、未登録のものだということがわかった。

結果的に、持ち主不明の奴隷ということで、一時的に行政預かりになった上で、契約してる今の商会に引き取られたんだとか。

で、トロンでのオークションに出品されるためにここに連れてこられて……今に至ると。

「一概に信じるわけにも行かないんだけど……そうだとしたら、すごいわね、いろいろと」

「まあ、突拍子もないのは百も承知なんですけどね、何分ホントなもので……」

あまりにすごい話だったので、さっき出された紅茶に誰一人口をつけないまま聞き入っていた。

たぶんもうアイスティーになってると思う。

いや、ホントにマンガみたいな話だ。

目の前でにこやかに笑ってるナナさんが、そんな筆舌に尽くしがたいハードな過去を持っていたとは。よく今までやって来れたもんだ。

記憶喪失の上に、自分がなぜか奴隷だったなんて……普通なら、パニックになってもおかしくないだろうに。心根が強いんだろうか？

ということで、結局ナナさんのあの強さの秘密はわかんなかった。ナナさん自身もわかんないという衝撃展開である。

どうしよう？　いや、もうどうしようもないか。

何せ、手がかりないもんな……それ以上覚えてることはないって言うし。ホントにとっつきようがない。

ザリーの情報網使えば何かわかるか……いや、微妙だろう。いくらザリーの情報網がすごくても、インターネットとかの便利なものがあるわけじゃない。アナログである以上、限界がある。

結局ナナさんに関してわかったことは、見た目によらず強いってことと、本格的な戦闘訓練を積んでいる可能性があること。

それから、魔法に関しても才能があるってこと。

魔力の感知も少しなら可能らしい。僕らが修業してる時に、そういうのを感知してたんだそうだ。

さらには奴隷商に戯《たわむ》れで持たされた、魔法発動の補助媒介《ばいかい》アイテムを使ってみたら、魔力の放出も確認できたとのこと。

もしかしたら、記憶喪失前は魔法を使っていたのかも？

そして、もう一つ……なんだかナナさん、どうも水に苦手意識がある。

こないだ、ナナさんが手伝いの一環として、座禅用ボートの準備をしてくれる、って話したと思う。

しかし、なぜかナナさんはそのボートに乗って湖に出たり、ボートをこいだりするのは断ったらしい。なぜだろう。

ナナさんは泳げないわけでもないらしいから、やっぱり海に落ちた可能性が高いのかもしれないな。

それなら、苦手意識はもちろん、ナナさん自身がよく理由をわかってなくてもおかしくない。

まあ、いたずらにトラウマを掘り起こすのもどうかと思うし、このことはもういいか……と、思い始めたあたりで、ガチャリと応接間の扉が開き、三人のシスターが入ってきた。

全員さっきの騒ぎの中にいたシスター達である。

一人は、ナナさんを守るためにチンピラに突っかかっていた、若いシスターさん。

年齢は僕らと同じか、少し下って感じ。肩までの長さの茶髪の、活発そうな女の子。

二人目は、その後ろでうんうん頷いてた、しかしそこまで熱くはなってなかったメガネの子。

年齢は少し上。どことなく、大人しそうな雰囲気があり……こころなしかスタイルもよさげ。

最後の一人は、見た目も態度も一番年上、って感じがする人だった。

腰までの藤色の髪。飛び抜けてグラマラスな体つき。顔も整ってて、妖艶な美女だった。

それぞれ全く雰囲気の違う、服だけが同じのシスターさん三人が、そろってぺこりと一礼。

つられて僕もつい会釈を返した後、ソファに座っての対談となった。

最初に口を開いたのは、三人目のお姉さん的シスターさん。

名前は、テレサというらしい。

「このたびはご迷惑をおかけしました。この子……アルトは、すぐ熱くなってしまうところがありまして。良かれと思ってやって、かえって面倒にしてしまうことも多いんです」

「す、すいませんでした……その、かえって挑発するようなことまでしてしまって……」

アルトちゃんが言うと、ナナさんは笑った。

「いえいえ、そんなとんでもないですよ。私を助けようとしてくださったわけですし、お気持ちは嬉しかったですから。ね、ミナトさん？」

「ええ、まあ……とくに何事もなく収まったんですし。そんなに気に病むこともないかと」

「そう言っていただけると、失礼ながらこちらとしてもありがたいですわ。何かお礼やお詫びをしたいのですが、恥ずかしながら、ここもさほど余裕があるわけでもなくて」

「え？　いやいやいや、そんなホントお構いなく！　ただの成り行きっていうか、明らかにシスターさん達は悪くないですし」

純粋に善意から、ナナさんを助けてくれようとしてくれたのだ。

あの時のアルトちゃんに、挑発的な要素がなかったかと問われれば否だし、それが原因で悪化した気もする。だた、そこまで重く受け止めるようなことでもないだろう。

ナナさんが相手全滅させたおかげで、こっち側みんな無事だったたし。

それに、僕も割り込むつもりだったたし。

見ず知らずの他人でなく、ナナさんなんだから、そりゃ割り込みますとも。

そういうわけだから、本当はこんな、わざわざ教会に招待してもらうことなんて別に何もないんだよね。

そう言うと、まだ納得いっていない雰囲気のテレサさんは少し考えた後、何かを思いついたような表情になった。

「そうだわ！　お礼になるかどうかもわかりませんけど……もしよければ皆さん、この教会を見学していきませんか？」

「見学？」

突然何を言い出すのかとびっくりしたけども、テレサさんの発言には、一応れっきとした理由があった。

今僕らがいる教会は、見た目はかなり質素なんだけども、じつは相当に古い歴史を持つ建物らしい。

改築した部分も多く、古くはなんと数百年前からあるとか。

しかも地下には、当時のままの部屋が結構残っている。何だかよくわからない、壁画みたいなのも一緒に、割といい保存状態だとか。

冒険者の中には、ある者は観光気分で、またある者は遺跡とも言えるそれらに興味を持って、探索にきたりもするらしい。

どういう壁画なのかは、未だに解明されてないものも多いそうだ。

今回は特別に、一般人は立ち入りできないエリアにまで案内してくれるという。せっかくだからと、僕らはお言葉に甘えることにした。

これで向こうさんも気が晴れるってんなら、それもいいだろうし。

……そう思って、承諾した時、一瞬だけ、テレサさんの瞳に、何かきらりと意思の光のようなものを感じた。

同時に、唇が微妙につり上がったように見えたのは……気のせいだろうか？

第十三話　嫌な予感と聖女の微笑

突然だが、前世の僕はかなりインドアな人間だった。

どのくらいインドアかっていうと、遊園地とかプールとかに誘われた際、『なんで金払って疲れに行かなきゃいけないんだよ』とか本気で思うくらい。

修学旅行で行った、鍾乳洞《しょうにゅうどう》とか歴史テーマパークでも、昔の人が着ていた服や道具の展示を前に、『こんなもん見て何が楽しいんだ？』ってな感想しか浮かんでこなかった。

展示品の石で出来た斧よりは、同じ時間帯でやってるドラマの再放送を見たい。

そんな僕だが、転生してから価値観でも変わったんだろうか？

シスター・テレサに案内されてやってきた、教会地下の石室では……前世の感覚を思い出すのも難しいくらいに、わくわくしていた。

さっぱり読めない古代文字、意味のわからない壁画……そんなものが、いつまでも見ていたい魅力的なものに見える。

「……わからないもんだな、人生」

「はい？」

「あ、いえ、なんでもないです」

テレサさんに不思議そうな顔をされたので、一応そう誤魔化しておく。

ちなみに、残り二人のシスターさんは、テレサさんの指示で仕事に戻った。『案内は私がやるから』とテレサさんに制されたのだ。

それはさておき、とりあえず僕達は壁画鑑賞を続ける。

一応、全く意味不明ってわけでもなく、植物とか動物とか、人間らしきものが描かれてるのも所々わかる。そしてその隣に、謎の古代文字もあった。

これは娯楽とかじゃなく、何かを記録したものなんだろうか。

大きなブロック一つ一つに凹凸があり、パッと見は支離滅裂だけど、意味が有りそうな気もする。

ひょっとして娯楽……なのかな？　この形とぴったり合う絵柄を見つけなさいという、知能テスト的な。

ブロックの凹凸には、組み合わせられそうなのもいくつかあるし。

それと並んで、動物の絵が描かれてる理由はわからないけど…………ん？

……何だろう、なんか既視感《きしかん》がある。ずっと前に、これと似たようなのをどこかで見たことあるような……？

「ふふっ、遺跡がお好きなんですか？」

「え？」

ふいに、テレサさんから話しかけられて……思考に集中していた意識が覚醒する。

振り向くと、ニコニコ微笑んで僕を見ているテレサさんがそこにいた。

やば、ボーっとしてたかも。無視しちゃったかな？

「あ、ごめんなさいねいきなり。ただ、ミナトさんがあまりにも熱心に見ていらっしゃったものですから。ひょっとして、造詣《ぞうけい》がおありなのかと」

「ああ、いえ、そういうんじゃないんですけど、なんとなく気になったものですから。何が書いてあるのかな、とか」

「そうですか。私も、できるなら意味を理解してみたいですね。この絵には、いろいろな言い伝えがありますから」

「言い伝え？」

「ええ。といっても、口伝《くでん》で細々といい継がれている、御伽噺《おとぎばなし》のようなもので……それを示す文献なども、別にないのですが」

どうやらこの絵、相当古いだけあって、伝説っぽいものも多くあるらしい。ことごとく、根拠はないらしいけど。例えば——。

この絵は、やがて世界を救う切り札になるとか。

村をいつまでも豊かにしてくれる商売繁盛の守り神だとか。

先人の英知が詰まった、歴史的な秘宝だとか。

この絵が原因で人々が狂気に侵され、虐殺《ぎゃくさつ》や食人風習が起こったとか。

……とまあ、ものの見事にバラバラ。

いかにも歴史遺産にありがちな尾ひれのついた話が並んでいる。話としては面白そうだけど。

まあでも、ここは剣と魔法の異世界だ。もしかしたら、案外真実であってもおかしくないかも？

僕が思いついたのだと、あの絵の模様はカモフラージュで、本当はそこに超強力な魔法を発動させるための魔法陣が隠されてるとか。

と、その時。誰かが階段を下りてくる気配がした。

「シスター・テレサ、ここですか？　表で子供達が……っ！」

「……げ」

予想外の人物が、そこにいた。

何で、こんなところにいるんだろうか。

なるべくなら、もう声を聞きたくも、会いたくもなかったリュートである。

向こうはも驚いてるらしく、僕を見て硬直してたけども、少しするといつもの、苛立ちのこもったむっとした顔になる。

テレサさんに用なら僕なんかスルーしてほしいんだけど、律儀にもわざわざ階段を下りて僕に話しかけてきた。

「何で君がここに？　参加しに来てくれたようには見えないけど」

「『参加』？　何に？」

「……期待は別にしてなかったけど、やっぱり違うか。それならいいよ、忘れてくれ」

一方的に話しておいて何だそりゃ？

相変わらず自分のことしか考えない態度に呆れつつも、揉め事になる気配はなさそうなので一安心……は、できなかった。

「……でも、ちょうどよかった。君には話したいことがあるんだ、ミナト」

リュートに連れられて、エルクとナナさんを残して地上に上がると……さっきは通らなかった、教会前の広場に回った。

そこで行われてたのは……いわゆる、炊き出し。

スラムに溢れる貧民のために、教会が寄付金を募ってやってるらしい。地元住民や旅人のボランティア——かなり少ない——に協力してもらっていた。

そこで人々を誘導しているアニーや、揉め事にならないように見張っているギドに発見されるも、視線以外でケンカは売られなかったので、コレ幸いとスルーする。

「……これを見て、君はどう思う？」

リュートが僕の隣に立って、視線を前に向けたまま問いかけてきた。

「どう、って？」

「僕らと何も変わらない、同じ人間である彼らが……こんな風に、日々の糧すらも満足に得られない状況で、苦しみながら生きていかなきゃいけない。それを見て、残酷だとは思わないか……そう聞いたんだ」

「んー……まあ、かわいそうだとは思うけど」

「もっと残酷なのは、同じ村の中に、彼らとは真逆の、好きなだけ食べて、飲んで、買って、寝ることができる豊かな人間が、明確に区分されて暮らしていることだ」

常々思うんだけども、質問する意味はあるんだろうか？

「本当なら、近くの山で採れる薬草や山菜の恩恵は、ここの人達が等しく受けるべきなんだ。しかし、土地の所有権を理由に……恵みは独占されてきた。その結果が、これさ」

「そんな人達を助けるために、君らはコツコツ頑張ってると」

「ああ。でも……」

でも？

「もうすぐ……この現状を変えられるかもしれないんだ」

「？　どゆ意味？」

ちらっとリュートに目を向けると……なんだか、炊き出しを見ているはずの目が、なぜかそれを見ていないようだった。

なんだか、もっと遠くの何かを見つめているような……何やら決意が宿っている。

「意味がわからなくても構わないよ。でも……僕らの考えに、賛同してくれる人が現れたんだ。その人と一緒に、僕は、苦しんでる人達を、もうすぐ救えるかもしれないんだ……！」

「…………」

「もちろん、簡単にはいかないかもしれない。けど、今までだって、僕ら『ブルージャスティス』は困難を乗り越えてきた。それに、今回は僕らだけじゃない……僕らと同じ志を持つ人と出会うことができたから、きっと、きっとやれる……！」

「……………」

……嫌な予感がする。

なんか、すごく嫌な予感がする。

すんごい自分の世界に入ってるところ悪いんだけども、こういう奴がこういう目をする時っていうのは何かをたくらんでる時だ。

そして、これは僕の直感と、あとはフラグとかテンプレから考えると……かなり厄介なものである可能性が高い。

リュートが今言った、『同じ志を持つ人がいる』っていう、セリフ。

その人達と一緒になって行動すれば、この苦しんでる人達を救えるかもしれない、っていう、協力者がいるらしい。

……いる、かな？　そんな、奇特な人……？

しかも、苦しんでる人達を全員助けるって？　どうやって？

どう考えても、まともな方法じゃそんなこと無理だぞ？

「僕らは、必ずやり遂げるよ。君達の手は借りない。君達が何もしなくても、もう何も言わない。だから……」

一拍。

「……邪魔だけは、しないでくれ。もし、その最中に君達とぶつかるようなことがあれば……何らかの理由で、君達が僕の邪魔をするようなことになれば……今度こそ、戦う」

そう言い残して、炊き出し部隊に加わるべく歩いていくリュートを見送りながら……僕は、嫌な予感だけがますます大きくなっていくのを感じていた。

そして、話が終わるのを待っていたかのようなタイミングで……背後に気配を覚えて振り向く。

「あ、テレサさん？」

「ごめんなさいね、盗み聞きなんてするつもりはなかったのだけど……なんだか、あまりにも剣呑な雰囲気で話していたものだから」

「あ、いえ、別にそんなことはないです何も」

ちょっと申し訳なさそうに笑う彼女に、一応、そう断っておく。

しかし、また気付けなかったよ。

ホント、僕って目や耳がよくても集中力に問題ありだな……リュートの話に集中してたとはいえ、こんな近くに来るまで、テレサさんに反応できないとは。

「でも、驚いたわ。リュートさん達と知り合いでしたのね、ミナトさん」

「あー、知り合いっていうかなんていうか、ただ単に目の敵にされるだけですけどね。向こうが僕の考え方をお気に召さないようで」

「無理もありませんわ。彼らの考え方は独特ですもの。この教会でも、何度か揉め事を起こしているのを目にしました」

あー、やっぱり。

リュート行くところに乱あり。あいつ……もしくは、あいつが売らなくてもその横の二人が、自分らと考え方の違う連中にきっちりケンカ売るからなあ……。

教会の炊き出しに参加してるのはボランティア精神だろうけど、そこで厄介事を起こしてるんじゃ逆に教会も迷惑だろう。

「あ、でも皆さん、根はいい人だと思いますよ？　弱い者いじめを許さないという精神は立派ですし、それをきっちり有限実行なさりますから。実際私達の中も、何度か助けられている者もおりますし」

「？　っていうと？」

「炊き出し用の買い物などの時に、少々。こういった炊き出しのお金は、通常、教会への寄付金などによってまかなわれているので、少しでも安いところで買う必要があるのです。その時に、下町まで行くのですが……」

「ああ……治安が悪いところに行く場合に、護衛を？」

「ええ。その他にも、時々多額の寄付金をいただいたりしてるんですよ。でもそれが冗談抜きに、ちょっと受け取るのを躊躇《ちゅうちょ》してしまうような額だったりして……」

…………。

いや、さすがに非合法なお金ではない……と思いたい。

今テレサさんも言ってたけど、リュートの正義への思いだけは本物だと思う。押し付けがましい問題はあるにせよ、弱者を救いたいっていう心根に偽りがないのは、明らかだ。

だから間違っても、お天道様に顔向けできなくなるような方法で、お金を工面してはいない……

と、信じたいものである。

「まあ……一応、真っ直ぐな人ですからね」

「ええ。私も、彼はちょっと不器用なだけで、正義感の強い実直な人だと思いますわ。もちろん、他のシスター達も、そう信じています」

「なるほど。まあ、言ってることはそんなに間違ってないですからね。ちょっと暴走がちなところと、融通の利かない頭の固さがどうにかなれば、だいぶましだと思うんですけど……信じ込んだら一直線、って感じですからね」

これは本音である。

僕の見解としては、ああした正義感を持つ人は、柔軟さがあるかないかで大別されるような気がするのだ。

正義感や使命感に一辺倒で、周りに迷惑がかかろうがお構いなしで突っ走るのが当たり前になってしまうと……リュートみたいなのが出来上がるんだろう。

逆に、正義感はきっちり持ちつつ、その場その場で臨機応変に対応を考えられる――モラルハザードな世の中もある程度受け入れられる人は、スウラさんみたいな感じに仕上がるんじゃないかと思う。

そしてこの世界は、成功するのは後者であり、前者は損をするように出来ている。エルクが前言ってたように、正直者がバカを見るのだ。

え、そのセリフは僕が言われたんだろって？

僕は別に、正義感に従って行動してるわけじゃないし、損得もちゃんと考えてるよ？

最近じゃエルクの指導もあって、もうちょっと行動に気をつけるようにもなったし、それでもどうにもならない部分は……力ずくで何とかしてるな。

「……そうですね、本当に……」

すると、何やらテレサさんが少し遠くを見るような目で、ぽつりと何か言ったような気がした。

「……本当に、かわいそうなくらいに、真っ直ぐな子……」

？　なんか、リュートを憐《あわ》れんでません……？

「それはそうとミナトさん。ミナトさんは、こういった行事はお嫌い？」

「？　炊き出し、ですか？」

「ええ。冒険者の方には、見返りのないことはやらない、という考え方の人が多いですから。それに、リュートさんと衝突していたような様子も見られましたし」

あー、そういやさっきの話を聞かれてたんだっけ。

まあ、確かにそういう部分はあるかも。

前世でも僕は、ボランティアとかあんまりしない方だったたし。

エルクと仲間になってからは、冒険者として舐められないためにも必要だ、ってことで、対価の重要性をきっちり教え込まされた。

けど、もちろん例外はある。

「損得で考える部分も多いけど、全くそういうことする機会がないわけじゃありません」

「あら、そうなんですか？」

「ええ。って言っても、ホントにたまに、って感じですけどね」

冒険者をやってると、魔物や盗賊に襲われてる人、商隊に出くわす機会も少なくない。

後は、依頼を達成したり、何かいいことがあったりして、なんとなくいいことをしたくなった時なんかが当てはまる。

僕のボランティアなんて主にそんな感じだ。前世も今も、胸を張れるようなもんじゃ全然ない。

「そうですか……慈善事業がお嫌い、っていうわけではないんですね」

「はい。ただ、やりすぎないように注意してます。何ていうか……あくまで自分の手の届く範囲で、って感じですかね」

「と、いうと？」

「ん～……ボランティアって、やればやるだけ効果的、ってわけじゃないですよね？　相手が生活する力まで奪ってしまうような……そんな域を出ないように、って感じです」

極端な例だけども、例えば、裕福な人が、貧しい人にお金を与えるとする。

そのお金を励みにして、貧しい人がやる気を出して仕事を探したり、手に職をつけるために勉強して自立する……なんて展開になれば、まだいい。

ただ、渡されるお金が多すぎるせいで——働かずに楽をすることばっかり考えるようになったら本末転倒だし、そもそも真面目に働いて稼いでいる人に失礼だ。

他にも、こんな話も聞いたことがある。

例えば、盗賊とか魔物とかに襲われている村があったとする。

そして、その村は貧しくて、傭兵や冒険者を雇うと、村の経済が破綻する状態だとする。

そんな時、だ。

リュートが進んでやりそうだけども……善意の誰かが無償で守ってあげることが、果たして本当にいいことか。

もちろん、最初はいいだろう。その誰かは利益を望むつもりはなかったんだし、村の人達も貧困に困ることはない。

しかし、もしその後も同じことが起こったとしよう。

その時、通りかかった別の誰かが村の人を助けてお礼を請求した時……村人はこう言わないだろうか。

『前の人は無償で助けてくれたのに、あなたは金を要求するのか』と。

助けた『誰か』は予想外の反応に戸惑うし、報酬を請求しづらくなる。

ごく当然のことなのに、まるで悪者か守銭奴のように扱われる。

村人に怠惰さを植え付け、命の価値を軽くしてしまう。『善意』とは、そんな結果になりかねない危険を秘めているのだ。

馴れ合いだけじゃ回らない世の中だ。そうなれば、最終的に困るのは村人である。

そうならないためにも、働きに見合う利益をちゃんともらうことは、おろそかにしちゃいけない、と思う。

少なくとも、自分がいつでも対応できないケースならなおさらだ。

常に自分の手が及ぶ範囲だけしか、無償の手助けはしない。

……これが、僕が『善意で』何かする際に、絶対に気をつけるようにしていることだ。今までも、これからも。

リュートには『臆病者』の一言で一蹴されるだろうけど……テレサさんは黙ってうんうん、と頷きながら、僕の話を聞いていた。

……って、なんだかいつの間にか、しんみりしたシリアスな雰囲気になっちゃってた……僕らしくもない。

こんな話、聞いててもテレサさんだってつまらないだろう。

「いいえ、とんでもありません。ごく自然で……この世界で生きていくために大切な、しかしそれでいて言葉にするのも難しい、立派な考えをお持ちですわ、ミナトさん」

「え？　心読まれた!?」

「口に出ていました」

……既視感。

まだ直ってなかったのか、僕のこの悪癖《あくへき》。

「本当に立派だと思いますよ？　自分のことしか考えていないかのような、露悪《ろあく》的かつ自虐《じぎゃく》的な言い方でしたが……その実的を射ていて、究極的には双方のためになる考え方だと思います。確かに少し厳しいですが、間違っているものではありませんわ」

「あー……そう言ってもらえると、気が楽ですね」

「まあでも、リュートさんとはケンカになるのはわかります。見ているものは大きく違わないのに、考え方一つで道が異なるというのも難儀です……そうは思いませんか？　ネティ」

ふいにそうテレサさんが言うと、物陰から小さく息を呑む音が聞こえて、ばつが悪そうに……一人のシスターさんが現れた。

よく見ると……ああ、さっきの。

アルトちゃんとテレサさんと一緒に、チンピラとのいざこざに巻き込まれた、メガネのシスターさんだ。

名前をネティという彼女は、「盗み聞きするつもりはなかったんですけど……」と、さっきも聞いたようなセリフを言った。

ちなみに今回は、周囲を意識していたせいか、僕も気付けてた。

聞かれて困るような話でもなかったので、ほっといただけ。

いやまあ、若干カッコつけた恥ずかしい話してたような気がしないでもないけど。

その後、自分のことを見事に棚に上げて、ぴしゃりと注意したテレサさんはネティさんを連れて教会に戻っていく。

僕もエルク達と一緒に、そろそろ帰ろう。

☆☆☆

エルクとナナさんと一緒に宿に戻ると、これまた予想外のお客が待っていた。

「あれ、スウラさん？」

「やあ、ミナト殿。突然すまない。無作法《ぶさほう》だとは思ったが、待たせてもらっていたよ」

数名の、おそらくは部下であろう兵士を率いたスウラさん。

いつも通りの、青い軍服に青い鎧だ。

水色の、短めの髪が特徴的なスウラさん……っていうか、なんかホントに僕の周りって全身一色統一の人が多いな。

それともう一人。

「や、おかえりミナトくん、エルクちゃん、ナナちゃん」

「外でザリー殿に会ってな。ちょうどミナト殿を探していたゆえ、この宿への道案内を頼んだのだ」

スウラさんの向かいの椅子に腰掛けているザリーは……なぜか、装備が変わっていた。

くすんだオレンジ色の軽鎧に、なんか民族衣装っぽい模様が刺繍《ししゅう》された、これまたオレンジ色（ただしこっちはもっと薄い色）の外套《がいとう》、ってな服装だ。

「あ、これ？　訓練終わりに市場を回ってたら、掘り出し物を見つけてね。衝動買いしちゃったけど、かなりいい買い物をしたと思ってるよ？」

「？　いい買い物？」

僕には、ちょっと派手な外套にしか見えないんだけど。

てっきり、ザリーがウケ狙いで装備の色を統一したのかと思った。

「いや、言われて見れば同色だけど、別にそういう意図はないよ。コレ実は、そこそこ強力なマジックアイテムでね。魔力を流すと、かなり高い防御力を発揮する特殊な外套なんだ」

「そしてその下の鎧は、魔力塗料の染色だな？　魔法に対しての防御力を上げると同時に、つや消しになっている。見た目の派手な色に反して、隠密行動にも適している品と見た」

「さすがスウラさん、博識だね」

「へー……そうなんだ。試してみていい？」

「あ、ごめんやめて。ミナト君の攻撃だと、さすがに風穴が開いちゃうと思うから」

慌てて冷や汗を垂らすザリー。冗談冗談。

するると、そんなおバカなやり取りを微笑ましく見ていたスウラさんが、ふと僕らの後ろに視線を移した。そこに立っているのはナナさん。

「ふむ……先日連れていた奴隷の者か？　確か、身分預かりになっているという話だったが……ミナト殿のところなら安全だろう」

「はい。あ、申し遅れました、ナナといいます。私としては、おっしゃるとおり最高の職場だと思ってますから、このまま永久就職してもいいんですけど」

「え、永きゅ……な、何言ってんのよっ!?」

急にエルクが叫んだ。

「え？　あ、そ、そっか……そうよね、うん。奴隷だもんね、そういう意味よね……」

「？　いえ、先日より申し上げていましたように、お買い上げいただければと思いまして」

「……？」

首をかしげる僕とナナさん。え、何でエルクの顔が赤いの？

するとザリーが、なんだかにやりと面白そうな顔をした。

「おや？　エルクちゃん、今何を想像したのかなぁ？」

「うっさい！　黙ってなさいオレンジ色！」

「……いや、それ言ったら君やミナト君だって、緑色と真っ黒でしょうに……」

変な呼び方をされたことに若干脱力しつつ、ザリーは脱線した話題を元に戻した。

エルクをからかうのは諦めたらしい。懸命である。

「それでさミナト君、スウラさんがちらっと言ってたけど、ミナト君に用事があるんだってさ。それでここに連れてきちゃったんだ」

「ああ、うん。それは別に構わないけど……用事って何ですか？」

僕もエルクもソファに座る。ナナさんにも勧《すす》めたけど、斜め後ろに立っているほうが落ち着くのだとか。

スウラさんは僕に向き直ると……背筋を伸ばして口を真一文字に結んだ。

部屋には緊張感が漂い、自然と僕らの背筋も伸びる。どうやら真面目な話になるようだ。

全員の視線が集中すると、スウラさんは口を開いた。

「話をする前に……ミナト殿、一つ確認させてもらってもいいだろうか？」

「確認？」

「ああ。このような時にすまないのだが……私は……」

そこでスウラさんは目を閉じ、一拍置いて……。

「さっきの流れでいくと、私は『青色』ということになるのだろうか？」

全員がずっこけた。

しかしこの後、青色……じゃなくて、スウラさんが持ち出してきた『本題』こそが、トロン全体を巻き込んだとんでもない大事件に僕らを関わらせていくことになるということを……誰もまだ知らなかった。

時を同じくして……その事件の黒幕達が、とうとう動き出そうとしていた。

☆☆☆

邸宅の自室にて、富豪モンド・ハックは、部屋にいる何人かの側近や、表面上は引退したことになっている『先代』と共に、ある人物から届いた報告に目を通していた。

「あの女からだ、親父。どうやら、『黒獅子』の誘い込みは無理だったらしい」

「リュートとやらとは考え方が違ったようだな……若造ながら、中身は蛇とでも言うべきか。おそらくは、裏で金を積んでも動くまい」

「引き込めれば戦力になったが……ちっ、万事上手くはいかないもんだな」

親子二人の言葉を皮切りに、薄暗い部屋で口々に意見が飛び交う。

「なら、どうしましょうか？　野放しにしておくのはやはり危険では？」

「何かされる前に対処するのが望ましいが……相手がAランクでは、それも難しいでしょうな。暗殺や誘拐《ゆうかい》も防がれてしまいそうだ」

「誰か人質を取れば？　身近に、手頃な者の一人や二人、いてもよさそうなものですが……」

決して褒められたものでは無い類の意見ばかりだ。

しばらくの間、それを聞いていた親子だが、数分の沈黙の後、先代が口を開いた。

「……いや、どれも得策ではないな……むしろ放っておこう」

「放っておく？　いいのですかそれで？」

「問題あるまい。Aランクの存在は確かに脅威だが、報告を聞く限り……進んで厄介事に飛び込む性格でもないようだ。仮に気付いても、自衛に徹して何もしてこない可能性が高い」

「なるほど、黒獅子には『眠れる獅子』でいてもらうというわけですか」

「確かにそれなら、その獣を起こすことこそ愚行でしょうな」

側近がうなずき合う。

「そういうことだ。商人にとって『欲』は全ての原動力だが、それも過ぎれば破滅を招く。そもそも戦力ならば、『ブルージャスティス』を引き込んだ時点で足りているのだ……その後始末のための道具も、な」

「なら……よし、準備を急がせよう。もうそろそろ、この村ともおさらばだ」

大まかな方針が決まった面々は……各々が薄気味悪い笑みを浮かべながら、話し合いを続けていた。

西《にし》和尚《おしょう》
山形県出身。ファンタジー作品をこよなく愛する。趣味の読書に興じるうちに執筆を決意し、『小説家になろう』にて小説の連載を開始。多数のユーザーから支持を集め、2014 年『魔拳のデイドリーマー』で作家デビュー。

イラスト：Tea
http://nakenashi.net/

本書は、「小説家になろう」（http://syosetu.com/）に掲載されていたものを、改稿のうえ書籍化したものです。

魔拳《まけん》のデイドリーマー 4

西 和尚

2015年 5月 3日初版発行

編集－宮本剛・太田鉄平
編集長－塙綾子
発行者－梶本雄介
発行所－株式会社アルファポリス
〒150-6005東京都渋谷区恵比寿4-20-3恵比寿ｶﾞｰﾃﾞﾝﾌﾟﾚｲｽﾀﾜｰ5F
TEL 03-6277-1601（営業）03-6277-1602（編集）
URL http://www.alphapolis.co.jp/
発売元－株式会社星雲社
〒112-0012東京都文京区大塚3-21-10
TEL 03-3947-1021
装丁・本文イラスト－Tea
装丁デザイン－下元亮司
印刷－図書印刷株式会社

価格はカバーに表示されてあります。
落丁乱丁の場合はアルファポリスまでご連絡ください。
送料は小社負担でお取り替えします。

ISBN978-4-434-20590-3 C0093